谁叫灵雨洒空山

——许地山励志文选

许地山 著

主　　任：徐　潜

副主任：王宝平　李怀科　张　毅

编　　委：袁一鸣　郭敬梅　魏鸿鸣

　　　　　林　立　侯景华　于永玉

　　　　　崔红亮

中华工商联合出版社

图书在版编目（CIP）数据

谁叫灵雨洒空山？：许地山励志文选 / 许地山著；
辛尧编. --北京：中华工商联合出版社，2014.9
ISBN 978-7-5158-1047-8

Ⅰ．①谁… Ⅱ．①许… ②辛… Ⅲ．①许地山（
1893～1941）—选集 Ⅳ．①I216.2

中国版本图书馆 CIP 数据核字（2014）第 195490 号

谁叫灵雨洒空山
——许地山励志文选

作　　者：	许地山
出 品 人：	徐　潜
策划编辑：	魏鸿鸣
责任编辑：	林　立
封面设计：	周　源
责任审读：	郭敬梅
责任印制：	迈致红
出版发行：	中华工商联合出版社有限责任公司
印　　刷：	天津旭丰源印刷有限公司
版　　次：	2014 年 12 月第 1 版
印　　次：	2023 年 4 月第 4 次印刷
开　　本：	710mm×1020mm　1/16
字　　数：	200 千字
印　　张：	15.50
书　　号：	ISBN 978-7-5158-1047-8
定　　价：	59.80元

服务热线：010－58301130
销售热线：010－58302813
地址邮编：北京市西城区西环广场 A 座
　　　　　19－20 层，100044
http：//www.chgslcbs.cn
E-mail：cicap1202@sina.com（营销中心）
E-mail：gslzbs@sina.com（总编室）

工商联版图书

序

　　为了给《传世励志经典》写几句话，我翻阅了手边几种常见的古今中外圣贤大师关于人生的书，大致统计了一下，励志类的比例，确为首屈一指。其实古往今来，所有的成功者，他们的人生和他们所激赏的人生，不外是：有志者，事竟成。

　　励志是动宾结构的词，励是磨砺，志是志向，放在一起就是磨砺志向。所以说，励志不是简单的立志，是要像把刀放在石头上磨才能锋利一样，这个磨砺，也不是轻而易举地摩擦一下，而是要下力气的，对刀来说，不仅要把自身的锈磨掉，还要把多余的部分都要毫不留情地磨掉，这简直是一场磨难。所有绚丽的人生都是用艰难磨砺成的，砥砺生命放光华。可见，励志至少有三层意思：

　　一是立志。国人都崇拜的一本书叫《易经》，那里面有一句话说：天行健，君子以自强不息。这是一种天人合一的理念，它揭示了自然界和人类发展演化的基本规律，所以一切圣贤伟人无不遵循此道。当然，这里还有一个立什么样的志的问题，孔子说：士不可以不弘毅，任重而道远。古往今来，凡志士仁人立的都是天下家国之志。李白说：大丈夫必有四方之志，白居易有诗曰：丈夫贵兼济，岂独善一身，讲的都是这个道理。

二是励志。有了志向不一定就能成事，《礼记》里说：玉不琢，不成器。因为从理想到现实还有很大的距离。志向须在现实的困境中反复历练，不断考验才能变得坚韧弘毅，才能一步一个脚印地逐步实现。所以拿破仑说：真正之才智乃刚毅之志向。孟子则把天将降大任于斯人描述得如此艰难困苦。我们看看历代圣贤，从三大宗的创始人耶稣、默哈穆德、释迦牟尼到孔夫子、司马迁、孙中山，直至各行各业的精英，哪一个不是历经磨难终成大业，哪一个不是砥砺生命放射出人生的光芒。

三是守志。无论立志还是励志都不是一朝一夕、一蹴而就的，它贯穿了人的一生，无论生命之火是绚丽还是暗淡，都将到它熄灭的最后一刻。所以真正的有志者，一方面存矢志不渝之德，另一方面有不为穷变节、不为贱易志之气。像孟子说的那样：富贵不能淫、贫贱不能移、威武不能屈。明代有位首辅大臣叫刘吉，他说过：有志者立长志，无志者常立志，这话是很有道理的。

话说回来，励志并非粘贴在生命上的标签，而是融汇于人生中一点一滴的气蕴，最后成长为人的格调和气质，成就人生的梦想。不管你做哪一行，有志不论年少，无志空活百年。

这套《传世励志经典》共收辑了100部图书，包括传记、文集、选辑。为励志者满足心灵的渴望，有的像心灵鸡汤，营养而鲜美；有的就是萝卜白菜或粗茶淡饭，却是生命之必需。无论直接或间接，先贤们的追求和感悟，一定会给我们带来生命的惊喜。

徐　潜

2014 年 5 月 16 日

前　言

　　许地山，字地山，笔名落华生（古时"华"同"花"，所以也叫落花生）。祖籍广东揭阳，生于台湾一个爱国志士家庭，回大陆后落户福建龙溪。1917 年考入北京大学文学院，1920 年获文学学士学位后留校任教。期间与瞿秋白、郑振铎等人联合主办《新社会》旬刊，积极宣传革命。五四运动前后从事文学活动，后转入英国牛津大学曼斯菲尔学院研究宗教学、印度哲学、梵文等。1935 年应聘为香港大学文学院主任教授，遂举家迁往香港。在港期间曾兼任香港中英文化协会主席。一生著作颇多，有《花》、《落花生》等。

　　许地山是我国现代文学史上占有重要地位的作家。他认为写作应该立足于理性经验、人生的元素和美的思想，而这一切都应该有益于人。于是在他的作品中，抒写奉献济世的美好情怀，鞭挞专制与黑暗，颂扬自由平等的爱情，也充满着神秘的宗教思想。

　　在现代作家中，许地山是非常独特的一个。他的一生，经历了作家、学者、社会活动家三个阶段，为我们留下了宝贵的文化遗产。他的散文，语言朴实，构思精巧，很多作品看起来好像寓言一样。他的散文主要表达他对生活的认识，对人生的态度。不管是抒情小说，叙事散文，还是杂论，都表达了他的人生态度。这些作品，是他的精神寄托，更是他的生活写照。洒脱的语言，巧妙的比喻，丰富的想象，奇特的构思，读来别有一番风味。正如作家阿英所说："落花生的小品，在小品文运动史上，是将永久存在着的。"

　　本书选取的仅仅是许地山的部分作品，但也希望能给你享受和激励。

编　者

目 录

蝉

急雨之后，蝉翼湿得不能再飞了。那可怜的小虫在地面慢慢地爬，好容易爬到不老的松根上头。松针穿不牢底雨珠从千丈高处脱下来，正滴在蝉翼上。蝉嘶了一声，又从树底露根摔到地上了。

雨珠，你和他开玩笑么？你看，蚂蚁来了！野鸟也快要看见他了！

蛇

在高可触天的桃榔树下，我坐在一条石凳上，动也不动一下。穿彩衣的蛇也蟠在树跟上，动也不动一下。多会让我看见它，我就害怕得很，飞也似地离开那里；蛇也和飞箭一样，射入蔓草中了。

我回来，告诉妻子说："今儿险些不能再见你的面！"

"什么缘故？"

"我在树林见了一条毒蛇：一看见它，我就速速跑回来；蛇也逃走了。……到底是我怕他，还是他怕我？"

妻子说："若你不走，谁也不怕谁。在你眼中，他是毒蛇；在他眼中，你比他更毒呢。"

但我心里想着，要两方互相惧怕，才有和平；若有一方大胆一点，不是他伤了我，便是我伤了他。

笑

　　我从远地冒着雨回来。因为我妻子心爱的一样东西让我找着了；我得带回来给她。

　　一进门，小丫头为我收下雨具，老妈子也借故出去了。我对妻子说："相离好几天，你闷得慌吗？……呀，香得很！这是从哪里来的？"

　　"窗棂下不是有一盆素兰吗？"

　　我回头看，几箭兰花在一个汝窑钵上开着。我说："这盆花多会移进来的？这么大雨天，还能开得那么好，真是难得啊!？……可是我总不信那些花有如此的香气。"

　　我们并肩坐在一张紫檀榻上。我还往下问："良人，到底是兰花的香，是你的香？"

　　"到底是兰花的香，是你的香？让我闻一闻。"她说时，亲了我一下。小丫头看见了，掩着嘴笑，翻身揭开帘子，要往外走。

　　"玉耀，玉耀，回来。"小丫头不敢不回来，但，仍然抿着嘴笑。

　　"你笑什么？"

"我没有笑什么。"

我为她们排解说："你明知道她笑什么，又何必问她呢，饶了她吧。"

妻子对小丫头说："不许到外头瞎说。去吧，到园里给我摘些瑞香来。"小丫头抿着嘴出去了。

愿

　　南普陀寺里的大石，雨后稍微觉得干净，不过绿苔多长一些。天涯的淡霞好像给我们一个天晴的信。树林里的虹气，被阳光分成七色。树上，雄虫求雌的声，凄凉得使人不忍听下去。妻子坐在石上，见我来，就问："你从哪里来？我等你许久了。"

　　"我领着孩子们到海边捡贝壳咧。阿琼捡着一个破具，虽不完全，里面却像藏着珠子的样子。等他来到，我教他拿出来给你看一看。"

　　"在这树荫底下坐着，真舒服呀！我们天天到这里来，多么好呢！"

　　妻说："你哪里能够……？"

　　"为什么不能？"

　　"你应当作荫，不应当受荫。"

　　"你愿我作这样底荫么？"

　　"这样底荫算什么！我愿你作无边宝华盖，能普荫一切世间诸有情。愿你为如意净明珠，能普照一切世间诸有情。愿你为降魔金刚杵，能破坏一切世间诸障碍。愿你为多宝盂兰盆，能盛百味，滋养一切世间诸饥渴者。愿你有六手，十二手，百手，千万手，无量数那由他如意手，能成全一切世间等等美善事。"

我说："极善，极妙！但我愿做调味底精盐，渗入等等食品中，把自己底形骸融散，且回复当时在海里底面目，使一切有情得尝咸味，而不见盐体。"

妻子说："只有调味，就能使一切有情都满足吗？"

我说："盐的功用，若只在调味，那就不配称为盐了。"

山　响

群峰彼此谈得呼呼地响。它们底话语，给我猜着了。

一峰说："我们底衣服旧了，该换一换啦。"

那一峰说："且慢罢，你看，我这衣服好容易从灰白色变成青绿色，又从青绿色变成珊瑚色和黄金色，——质虽是旧的，可是形色还不旧。我们多穿一会罢。"

正在商量底时候，它们身上穿的，都出声哀求说："饶了我们，让我们歇歇罢。我们底形态都变尽了，再不能为你们争体面了。"

"去罢，去罢，不穿你们也算不得什么。横竖不久我们又有新的穿。"群峰都出着气这样说。说完之后，那红的、黄的彩衣就陆续褪下来。

我们都是天衣，那不可思议的灵，不晓得甚时要把我们穿着得非常破烂，才把我们收入天橱。愿他多用一点气力，及时用我们，使我们得以早早休息。

蜜蜂和农人

雨刚晴，蝶儿没有蓑衣，不敢造次出来，可是爪棚的四围，已满唱了蜜蜂底工夫诗：

> 彷彷，徨徨！徨徨，彷彷！
> 生就是这样，徨徨，彷彷！
> 趁机会把蜜酿。
> 大家帮帮忙；
> 别误了好时光。
> 彷彷，徨徨！徨徨，彷彷！

蜂虽然这样唱，那底下坐着三四个农夫却各人担着烟管在那里闲谈。

人的寿命比蜜蜂长，不必像它们那么忙么？未必如此。不过农夫们不懂它们底歌就是了。但农夫们工作时，也会唱的。他们唱底是：

村中鸡一鸣，
阳光便上升，
太阳上升好插秧。
禾秧要水养，
各人还为踏车忙。
东家莫截西家水；
西家不借东家粮。
各人只为各人忙——
"各人自扫门前雪，
不管他人瓦上霜。"

"小俄罗斯"的兵

短篱里头，一棵荔枝，结实累累。那朱红的果实，被深绿的叶子托住，更是美观；主人舍不得摘他们，也许是为这个缘故。

三两个漫游武人走来，相对说："这棵红了，熟了，就在这里摘一点罢。"他们嫌从正门进去麻烦，就把篱笆拆开，大摇大摆地进前。一个上树，两个在底下接；一面摘，一面尝，真高兴呀！

屋里跑出一个老妇人来，哀声求他们说："大爷们，我这棵荔枝还没有熟哩；请别作践他；等熟了，再送些给大爷们尝尝。"

树上底人说："胡说，你不见果子已经红了么？怎么我们吃就是作践你底东西？"

"唉，我一年底生计，都看着这棵树。罢了，罢了……"

"你还敢出声么？打死你算得什么；待一会，看把你这棵不中吃底树砍来做柴火烧，看你怎样。有能干，可以叫你们底人到广东吃去。我们那里也有好荔枝。"

唉，这也是战胜者、强者底权利么？

暗　途

"我底朋友，且等一等，待我为你点着灯，才走。"

吾威听见他底朋友这样说，便笑道："哈哈，均哥，你以我为女人么？女人在夜间走路才要用火；男子，又何必呢？不用张罗，我空手回去罢，——省得以后还要给你送灯回来。"

吾威底村庄和均哥所住底地方隔着几重山，路途崎岖得很厉害。若是夜间要走那条路，无论是谁，都得带灯。所以均哥一定不让他暗中摸索回去。

均哥说："你还是带灯好。这样的天气，又没有一点月影，在山中，难保没有危险。"

吾威说："若想起危险，我就回去不成了。……"

"那么，你今晚上就住在我这里，如何？"

"不，我总得回去，因为我底父亲和妻子都在那边等着我呢。"

"你这个人，太过执拗了。没有灯，怎么去呢？"均哥一面说，一面把点着底灯切切地递给他。他仍是坚辞不受。

他说："若是你定要叫我带着灯走，那教我更不敢走。"

"怎么呢？"

"满山都没有光，若是我提着灯走，也不过是照得三两步远；且要累得满山底昆虫都不安。若凑巧遇见长蛇也冲着火光走来，可又怎么办呢？再说，这一点的光可以把那些照不着底地方显得越危险，越能使我害怕。在半途中，灯一熄火，那就更不好办了。不如我空着手走，初时虽然觉得有些妨碍，不多一会儿，什么都可以在幽暗中辨别一点。"

他说完，就出门。均哥还把灯提在手里，眼看着他向密林中那条小路穿过去，才摇摇头说："天下竟有这样怪人！"

吾威在暗途中走着，耳边虽常听见飞虫，野兽底声音，然而他一点害怕也没有。在蔓草中，时常飞些萤火出来，光虽不大，可也够了。他自己说："这是均哥想不到，也是他所不能为我点底灯。"

那晚上他没有跌倒；也没有遇见毒虫野兽；安然地到他家里。

梨 花

　　她们还在园里玩，也不理会细雨丝丝穿入她们底罗衣。池边梨花的颜色被雨洗得更白净了，但朵朵都懒懒地垂着。

　　姊姊说："你看，花儿都倦得要睡了！"

　　"待我来摇醒它们。"

　　姊姊不及发言，妹妹底手早已抓住树枝摇了几下。花瓣和水珠纷纷地落下来，铺得银片满地，煞是好玩。

　　妹妹说："好玩啊，花瓣一离开树枝，就活动起来了！"

　　"活动什么？你看，花儿底泪都滴在我身上哪。"姊姊说这话时，带着几分怒气，推了妹妹一下。她接着说："我不和你玩了，你自己在这里罢。"

　　妹妹见姊姊走了，直站在树下出神。停了半晌，老妈子走来，牵着她，一面走着，说："你看，你底衣服都湿透了，在阴雨天，每日要换几次衣服，教人到哪里找太阳给你晒去呢？"

　　落下来底花瓣，有些被她们底鞋印入泥中；有些粘在妹妹身上，被她带走；有些浮在池面，被鱼儿衔入水里。那多情的燕子不歇把鞋印上的残瓣和软泥一同衔在口中，到梁间去，构成它们底香巢。

难解决的问题

我叫同伴到钓鱼矶去赏荷，他们都不愿意去，剩我自己走着。我走到清佳堂附近，就坐在山前一块石头上歇息。在瞻顾之间，小山后面一阵唧咕的声音夹着蝉声送到我耳边。

谁愿意在优游的天日中故意要找出人家的秘密呢？然而宇宙间的秘密都从无意中得来。所以在那时候，我不离开那里，也不把两耳掩住，任凭那些声浪在耳边荡来荡去。

劈头一听，我便听得："这实是一个难解决的问题。……"

既说是难解决，自然要把怎样难的理由说出来。这理由无论是局内、局外人都爱听底。以前的话能否钻入我耳里，且不用说，单是这一句，使我不能不注意。

山后底人接下去说："在这三位中，你说要哪一位才合适？……梅说要等我十年；白说要等到我和别人结婚那一天；区说非嫁我不可，——她要终身等我。"

"那么，你就要区吧。"

"但是梅的景况，我很了解。她底苦衷，我应当原谅。她能为了我牺牲十年底光阴，从她底境遇看来，无沦如何，是很可敬底。设使梅居区底地位，她也能说，要终身等我。"

"那么，梅、区都不要，要白如何？"

"白么？也不过是她底环境使她这样达观。设使她处着梅底景况，她也只能等我十年。"

会话到这里就停了。我底注意只能移到池上，静观那被轻风摇摆的芰荷。呀，叶底那对小鸳鸯正在那里歇午哪！不晓得它们从前也曾解决过方才的问题没有？不上一分钟，后面底声音又来了。

"那么，三个都要如何？"

"笑话，就是没有理性底兽类也不这样办。"

又停了许久。

"不经过那些无用的礼节，各人快活地同过这一辈子不成吗？"

"唔……唔……唔……这是后来的话，且不必提，我们先解决目前底困难吧。我实不肯故意辜负了三位中底一位。我想用拈阄的方法瞎挑一个就得了。"

"这不更是笑话么？人间哪有这么新奇的事！她们三人中谁愿意遵你底命令，这样办呢？"

他们大笑起来。

"我们私下先拈一拈，如何？你权当做白，我自己权当做梅，剩下是区底份。"

他们由严重的密语化为滑稽的谈笑了。我怕他们要闹下坡来，不敢逗留在那里，只得先走，钓鱼矶也没去成。

爱就是刑罚

"这什么时候了，还埋头在案上写什么？快同我到海边去走走吧。"

丈夫尽管写着，没站起来，也没抬头对他妻子行个"注目笑"底礼。妻子跑到身边，要抢掉他手里底笔，他才说："对不起，你自己去罢。船，明天一早就要开，今晚上我得把这几封信赶出来；十点钟还要送到船里底邮箱去。"

"我要人伴着我到海边去。"

"请七姨子陪你去。"

"七妹子说我嫁了，应当和你同行；她和别的同学先去了。我要你同我去。"

"我实在对不起你，今晚不能随你出去。"他们争执了许久，结果还是妻子独自出去。

丈夫低着头忙他底事，足有四点钟工夫。那时已经十一点了，他没有进去看看那新婚的妻子回来了没有，披起大衣大踏步地出门去。

他回来，还到书房里检点一切，才进入卧房。妻子已先睡了。他们底约法：睡迟底人得亲过先睡者底嘴才许上床。所以这位少年走到床前，依法亲了妻子一下。妻子急用手在唇边来回揎了几下。那意思是表明她不受这个接吻。

丈夫不敢上床，呆呆地站在一边。一会，他走到窗前，两手支着下颔，点点底泪滴在窗棂上。他说："我从来没受过这样的刑罚！……你底爱，到底在哪里？"

"你说爱我，方才为什么又刑罚我。使我孤零？"妻子说完，随即走来，安慰他说："好人，不要当真，我和你闹着玩哪。爱就是刑罚，我们能免掉么？"

债

他一向就住在妻子家里，因为他除妻子以外，没有别的亲戚。妻家底人爱他底聪明，也怜他底伶仃，所以万事都尊重他。

他底妻子早已去世，膝下又没有子女。他底生活就是念书、写字，有时还弹弹七弦。他绝不是一个书呆子，因为他常要在书内求理解，不像书呆子只求多念。

妻子底家里有很大的花园供他游玩；有许多奴仆听他使令。但他从没有特意到园里游玩，也没有呼唤过一个仆人。

在一个阴郁的天气里，人无论在什么地方都不舒服底。岳母叫他到屋里闲谈，不晓得为什么缘故就劝起他来。岳母说："我觉得自从俪儿去世以后，你就比前格外客气。我劝你毋须如此，因为外人不知道都要怪我。看你穿成这样，还不如家里底仆人，若有生人来到，叫我怎样过得去？倘或有人欺负你，说你这长那短，尽可以告诉我，我责罚他给你看。"

"我哪里懂得客气！不过我觉得我欠底债太多，不好意思多要什么。"

"什么债？有人间你算帐么？唉，你太过见外了！我看你和自己底子侄一样。你短了什么，尽管问管家底要去，若有人敢说闲话，我定不饶他。"

"我所欠底是一切的债，我看见许多贫乏人、愁苦人，就如该了他们无数量的债一般。我有好的衣食，总想先偿还他们。世间若有一个人吃不饱足，穿不暖和，住不舒服，我也不敢公然独享这具足的生活。"

"你说得太玄了！"她说过这话，停了半晌才接着点头说，"很好，这才是读书人'先天下之忧而忧'的精神。……然而你要什么时候才还得清呢？你有清还的计划没有？"

"唔……唔……"他心里从来没有想到这个，所以不能回答。

"好孩子，这样的债，自来就没有人能还得清，你何必自寻苦恼？我想，你还是做一个小小的债主罢。说到具足生活，也是没有涯岸的。我们今日所谓具足，焉知不是明日底缺陷？你多念一点书就知道生命即是缺陷底苗圃，是烦恼底秧田。若要补修缺陷，拔除烦恼，除弃绝生命外，没有别条道路。然而，我们哪能办得到？个个人都那么怕死！你不要作这种非非想，还是顺着境遇做人去罢。"

"时间，……计划，……做人……"这几个字从岳母口里发出，他底耳鼓就如受了极猛烈的椎击。他想来想去，已想昏了。他为解决这事，好几天没有出来。

那天早晨，女佣端粥到他房里，没见他，心中非常疑惑。因为早晨，他没有什么地方可去。海边呢？他是不轻易到底。花园呢？他更不愿意在早晨去。因为丫头们都在那个时候到园里争摘好花去献给她们几位姑娘。他最怕见底是人家毁坏现成的东西。

女佣四围一望，蓦地看见一封信被留针刺在门上。她忙取下来。给别人一看，原来是交给老夫人底。

她把信拆开，递给老夫人。上面写着：

亲爱的岳母：

　　你问我底话，教我实在想不出好回答。而且，因你这一问，使我越发觉得我所负底债更重。我想做人若不能还债，就得避债，决不能教债主把他揪住，使他受苦。若论还债，依我底力量、才能，是不济事底。我得出去找几个帮忙底人，如果不能找着，再想法子。现在我去了，多谢你栽培我这么些年。我底前途，望你记念；我底往事，愿你忘却。我也要时时祝你平安！

婿容融留字

老夫人念完这信，就非常愁闷。以后，每想起她底女婿，便好几天不高兴。但不高兴尽管不高兴，女婿至终没有回来。

暾将出兮东方

在山中住，总要起得早，因为似醒非醒地眠着，是山中各样的朋友所憎恶底。破晓起来，不但可以静观彩云底变幻；和细听鸟语底婉转；有时还从山巅、树表、溪影、村容之中给我们许多不可说的愉快。

我们住在山压檐牙阁里，有一次，在曙光初透底时候，大家还在床上眠着，耳边恍惚听见一队童男女底歌声，唱道：

> 榻上人，应觉悟！
> 晓鸡频催三两度。
> 君不见——
> "暾将出兮东方"，
> 微光已透前村树？
> 榻上人，应觉悟！

往后又跟着一节和歌：

> 暾将出兮东方！
> 暾将出兮东方！
> 会见新曦被四表，
> 使我乐兮无央。

那歌声还接着往下唱，可惜离远了，不能听得明白。

啸虚对我说："这不是十年前你在学校里教孩子唱底么？怎么会跑到这里唱起来？"

我说："我也很诧异，因为这首歌，连我自己也早已忘了。"

"你底暮气满面，当然会把这歌忘掉。我看你现在要用赞美光明底声音去赞美黑暗哪。"

我说："不然，不然。你何尝了解我？本来，黑暗是不足诅咒，光明是毋须赞美底。光明不能增益你什么，黑暗不能妨害你什么，你以何因缘而生出差别心来？若说要赞美的话：在早晨就该赞美早晨；在日中就该赞美日中；在黄昏就该赞美黄昏；在长夜就该赞美长夜；在过去、现在、将来一切时间，就该赞美过去、现在、将来一切时间。说到诅咒，亦复如是。"

那时，朝曦已射在我们脸上，我们立即起来，计划那日底游程。

花香雾气中底梦

在覆茅涂泥底山居里，那阻不住底花香和雾气从疏帘窜进来，直扑到一对梦人身上。妻子把丈夫摇醒，说："快起罢，我们底被褥快湿透了。怪不得我总觉得冷，原来太阳被囚在浓雾监狱里不能出来。"

那梦中底男子，心里自有他底温暖，身外底冷与不冷他毫不介意。他没有睁开眼睛便说："嗳呀，好香！许是你桌上底素馨露洒了罢？"

"哪里？你还在梦中哪。你且睁眼看帘外底光景。"

他果然揉了眼睛，拥着被坐起来，对妻子说："怪不得我净梦见一群女子在微雨中游戏。若是你不叫醒我，我还要往下梦哪。"

妻子也拥着她底绒被坐起来说："我也有梦。"

"快说给我听。"

"我梦见把你丢了。我自己一人在这山中遍处找寻你，怎么也找不着。我越过山后，只见一个美丽的女郎挽着一篮珠子向各树底花叶上头乱撒。我上前去向他问你底下落，她笑着问我：

'他是谁，找他干什么？' 我当然回答，他是我底丈夫，——"

"原来你在梦中也记得他！" 他笑着说这话，那双眼睛还显出很滑稽的样子。

妻子不喜欢了。她转过脸背着丈夫说："你说什么话！你老是要挑剔人家底话语，我不往下说了。" 她推开绒被，随即呼唤丫头预备脸水。

丈夫速把她揪住，央求说："好人，我再不敢了。你往下说，以后若再饶舌，情愿挨罚。"

"谁希罕罚你？" 妻子把这次底和平画押了。她往下说："那女人对我说，你在山前柚花林里藏着。我那时又像把你忘了。……"

"哦，你又……不，我应许过不再说什么的，不然，我就要挨罚了。你到底找着我没有？"

"我没有向前走，只站在一边看她撒珠子。说来也很奇怪：那些珠子粘在各花叶上都变成五彩的零露，连我底身体也沾满了。我忍不住，就问那女郎。女郎说：'东西还是一样，没有变化，因为你底心思前后不同，所以觉得变了。你认为珠子，是在我撒手之前，因为你想我这篮子决不能盛得露水。你认为露珠时，在我撒手之后，因为你想那些花叶不能留住珠子。我告诉你，你所认底不在东西，乃在使用东西底人和时间。你所爱底，不在体质，乃在体质所表底情。你怎样爱月呢？是爱那悬在空中已经老死底暗球么？你怎样爱雪呢？是爱他那种砭人肌骨底凛冽？'"

"她一说到雪，我打了一个寒噤，便醒起来了。"

丈夫说："到底没有找着我。"

妻子一把抓住他底头发，笑说："这不是找着了吗？……我说，这梦怎样？"

　　"凡你所梦都是好的。那女郎底话也是不错。我们最愉快底时候岂不是在接吻后，彼此底凝视吗?"他向妻子痴笑，妻子把绒被拿起来，盖在他头上，说："恶鬼！这会可不让你有第二次底凝视了。"

荼 蘼

我常得着男子送给我的东西，总没有当他们做宝贝看。我底朋友师松却不如此，因为她从不曾受过男子底赠与。

自鸣钟敲过四下以后，山上礼拜寺底聚会就完了。男男女女像出圈底羊，急要下到山坡觅食一般。那边有一个男学生跟着我们走，他底正名字我忘记了，我只记得人家都叫他做"宗之"。他手里拿着一枝荼蘼，且行且嗅。荼蘼本不是香花，他嗅着，不过是一种无聊举动便了。

"松姑娘，这枝荼蘼送给你。"他在我们后面嚷着。松姑娘回头看见他满脸堆着笑容递着那花，就速速伸手去接。她接着说："很多谢，很多谢。"宗之只笑着点点头，随即从西边底山径转回家去。

"他给我这个，是什么意思？"

"你想他有什么意思，他就有什么意思。"我这样回答她。走不多远，我们也分途各自家去了。

她自下午到晚上不歇把弄那枝荼蘼。那花像有极大底魔力，不让她撒手一样。她要放下时，每觉得花儿对她说："为什么离夺我？我不是从宗之手里递给你，交你照管的吗？"

呀，宗之底眼、鼻、口、齿、手、足、动作，没有一件不在花心跳跃着，没有一件不在她眼前底花枝显现出来！她心里说："你这美男子，为甚缘故送给我这花儿？"她又想起那天经坛上底讲章，就自己回答说："因为他顾念他使女第卑微，从今而后，万代要称我为有福。"

这是她爱荼蘼花，还是宗之爱她呢？我也说不清，只记得有一天我和宗之正坐在榕树根谈话底时候，他家底人跑来对他说："松姑娘吃了一朵什么花，说是你给她的，现在病了。她家底人要找你去问话咧。"

他吓了一跳，也摸不着头脑，只说："我哪时节给她东西吃？这真是……！"

我说："你细想一想。"他怎么也想不起来。我才提醒他说："你前个月在斜道上不是给了她一朵荼蘼吗？"

"对呀，可不是给了她一朵荼蘼！可是我哪里教她吃了呢？"

"为什么你单给她，不给别人？"我这样问他。

他很直截地说："我并没有什么意思，不过随手摘下，随手送给别人就是了。我平素送了许多东西给人，也没有什么事；怎么一朵小小第荼蘼就可使她着了魔？"

他还坐在那里沉吟，我便促他说："你还能在这里坐着么？不管她是误会，你是有意，你既然给了她，现在就得去看她一看才是。"

"我哪有什么意思？"

我说："你且去看看罢。蚌蛤何尝立志要生珠子呢？也不过是外间底沙粒偶然渗入他底壳里，他就不得不用尽工夫分泌些粘液把那小沙裹起来罢了。你虽无心，可是你第花一到她手里，管保她不因花而爱起你来吗？你敢保她不把那花当做你所赐给爱底标识，就纳入她底怀中，用心里无限的情思把他围绕得非常严密吗？也许她本无心，但因你那美意第沙无意中掉在她爱底贝壳里，使她不得不如此。不用踌躇了，且去看看罢。"

宗之这才站起来，皱一皱他那副冷静底脸庞，跟着来人从林菁第深处走出去了。

光的死

　　光离开他底母亲去到无量无边，一切生命的世界上。因为他走底时候脸上常带着很忧郁的容貌，所以一切能思维、能造作底灵体也和他表同情；一见他，都低着头容他走过去；甚至带着泪眼避开他。

　　光因此更烦闷了。他走得越远，力量越不足；最后，他躺下了。他躺下底地方，正在这块大地。在他旁边有几位聪明的天文家互相议论说："太阳底光，快要无所附丽了，因为他冷死底时期一天近似一天了。"

　　光垂着头，低声诉说："唉，诸大智者，你们为何净在我母亲和我身上担忧？你们岂不明白我是为饶益你们而来么？你们从没有［在］我面前做过我曾为你们做底事。你们没有接纳我，也没有……"

　　他母亲在很远的地方，见他躺在那里叹息，就叫他回去说："我底命儿，我所爱底，你回去罢。我一天一天任你自由地离开我，原是为众生底益处；他们既不承受，你何妨回来？"

　　光回答说："母亲，我不能回去了。因为我走遍了一切世界，遇见一切能思维、能造作底灵体，到现在还没有一句话能够对你回报。不但如此，这里还有人正咒诅我们哪！我哪有面目回去呢？我就安息在这里罢。"

他底母亲听见这话，一种幽沉的颜色早已现在脸上。他从地上慢慢走到海边，带着自己底身体、威力，一分一厘地侵入水里。母亲也跟着晕过去了。

再　会

　　靠窗棂坐着那位老人家是一位航海者，刚从海外归来底。他和萧老太太是少年时代底朋友，彼此虽别离了那么些年，然而他们会面时，直像忘了当中经过底日子。现在他们正谈起少年时代底旧话。

　　"蔚明哥，你不是二十岁底时候出海底么？"她屈着自己底指头，数了一数，才用那双被阅历染浊了底眼睛看着她底朋友说，"呀，四十五年就像我现在数着指头一样地过去了！"

　　老人家把手捋一捋胡子，很得意地说："可不是！……记得我到你家辞行那一天，你正在园里饲你那只小鹿，我站在你身边一棵正开着花底枇杷树下，花香和你头上底油香杂窜入我底鼻中。当时，我底别绪也不晓得要从哪里说起，但你只低头抚着小鹿。我想你那时也不能多说什么，你竟然先问一句'要等到什么时候我们再能相见呢'？我就慢答道：'毋须多少时候。'那时，你……"

　　老太太接着说："那时候的光景我也记得很清楚。当你说这句的时候，我不是说'要等再相见时，除非是黑墨有洗得白的时节'。哈哈！你去时，那缕漆黑的头发现在岂不是已被海水洗白了么？"

老人家摩摩自己的头顶，说："对啦！这也算应验哪！可惜我见不着芳哥，他过去多少年了？"

"唉，久了！你看我已经抱过四个孙儿了。"她说时，看着窗外几个孩子在瓜棚下玩，就指着那最高的孩子说，"你看鼎儿已经十二岁了，他公公就在他弥月后去世的。"

他们谈话时，丫头端了一盘牡蛎煎饼来。老太太举手让着蔚明哥说："我定知道你底嗜好还没有改变，所以特地为你做这东西。"

"你记得我们少时，你母亲有一天做这样的饼给我们吃。你拿一块，吃完了才嫌饼里底牡蛎少，助料也不及我底多，闹着要把我底饼抢去。当时，你母亲说了一句话，教我常常忆起，就是'好孩子，算了罢。助料都是搁在一起渗底的。做底时候，谁有工夫把分量细细去分配呢？这自然是免不了有些多，有些少底，只要饼底气味好就够了。你所吃底原不定就是为你做底，可是你已经吃过，就不能再要了。'蔚明哥，你说末了这话多么感动我呢！拿这个来比我们底境遇罢：境遇虽然一个一个排列在面前，容我们有机会选择，有人选得好，有人选得歹，可是选定以后，就不能再选了。"

老人家拿起饼来吃，慢慢地说："对啦！你看我这一生净在海面生活，生活极其简单，不像你这么繁复，然而我还是像当时吃那饼一样——也就饱了。"

"我想我老是多得便宜。我的'境遇底饼'虽然多一些助料，也许好吃一些，但是我底饱足是和你一样底。"

谈旧事是多么开心底事！看这光景，他们像要把少年时代底事迹——回溯一遍似的。但外面底孩子们不晓得因什么事闹起来，老太太先出去做判官；这里留着一位矍铄的航海者静静地坐着吃他底饼。

桥 边

我们住底地方就在桃溪溪畔。夹岸遍是桃林：桃实、桃叶映入水中，更显出溪边底静谧。真想不到仓皇出走底人还能享受这明媚的景色！我们日日在林下游玩；有时蹀过溪桥，到朋友底蔗园里找新生的甘蔗吃。

这一天，我们又要到蔗园去，刚蹀过桥，便见阿芳——蔗园底小主人——很忧郁地坐在桥下。

"阿芳哥，起来领我们到你园里去。"他举起头来，望了我们一眼，也没有说什么。

我哥哥说："阿芳，你不是说你一到水边就把一切的烦闷都洗掉了吗？你不是说，你是水边底蜻蜓么？你看歇在水荭花上那只蜻蜓比你怎样？"

"不错。然而今天就是我第一次底忧闷。"

我们都下到岸边，围绕住他，要打听这回事。他说："方才红儿掉在水里了！"红儿是他底腹婚妻，天天都和他在一块儿玩底。我们听了他这话，都惊讶得很。哥哥说："那么，你还能在这里闷坐着吗？还不赶紧去叫人来？"

"我一回去，我妈心里底忧郁怕也要一颗一颗地结出来，像桃实一样了。我宁可独自在此忧伤，不忍使我妈妈知道。"

我底哥哥不等说完，一股气就跑到红儿家里。这里阿芳还在皱着眉头，我也眼巴巴地望着他，一声也不响。

"谁掉在水里啦？"

我一听，是红儿底声音，速回头一望，果然哥哥携着红儿来了！她笑眯眯地走到芳哥跟前，芳哥像很惊讶地望着她。很久，他才出声说："你底话不灵了么？方才我贪着要到水边看看我底影儿，把他搁在树上，不留神轻风一摇，把他摇落水里。他随着流水往下流去；我回头要抱他，他已不在了。"

红儿才知道掉在水里底是她所赠与底小团。她曾对阿芳说那小团也叫红儿，若是把他丢了，便是丢了她。所以芳哥这么谨慎看护着。

芳哥实在以红儿所说底话是千真万真的，看今天底光景，可就教他怀疑了。他说："哦，你底话也是不准的！我这时才知道丢了你底东西不算丢了你，真把你丢了才算。"

我哥哥对红儿说："无意的话倒能教人深信：芳哥对你底信念，头一次就在无意中给你打破了。"

红儿也不着急，只优游地说："信念算什么？要真相知才有用哪。……也好，我借着这个就知道他了。我们还是到蔗园去罢。"我们一同到蔗园去，芳哥方才底忧郁也和糖汁一同吞下去了。

我 想

我想什么？

我心里本有一条达到极乐园地底路，从前曾被那女人走过底；现在那人不在了，这条路不但是荒芜，并且被野草，闲花，棘枝，绕藤占据得找不出来了！

我许久就想着这条路，不单是开给她走底，她不在，我岂不能独自来往？

但是野草、闲花这样美丽、香甜，我怎舍得把他们去掉呢？棘枝、绕藤又那样横逆、蔓延，我手里又没有器械，怎敢惹他们呢？我想独自在那路上徘徊，总没有实行底日子。

日子一久，我连那条路底方向也忘了。我只能日日跑到路口那个小池底岸边静坐，在那里怅惘，和沉思那草掩、藤封底道途。

狂风一吹，野花乱坠，池中锦鱼道是好饵来了，争着上来唼喋。我所想底，也浮在水面被鱼唼入口里；复幻成泡沫吐出来，仍旧浮回空中。

鱼还是活活泼泼地游；路又不肯自己开了；我更不能把所想

底撇在一边。呀！

我定睛望着上下游泳底锦鱼；我底回想也随着上下游荡。

呀，女人！你现在成为我"记忆底池"中底锦鱼了。你有时浮上来，使我得以看见你；有时沉下去，使我费神猜想你是在某片落叶底下，或某块沙石之间。

但是那条路的方向我早忘了，我只能每日坐在池边，盼望你能从水底浮上来。

国庆日所立的愿望

明天就是中华民国建国第二十八周年的纪念日，却是第二十九周年的第一日。从这点看来，也是一个元旦。这个建国的元旦当比时令的元旦更有深远的意义，因为这是国家的生日，全国的人民在这天不但要彼此祝贺，并且对着他的国家立个人工作的愿望。我们在元旦对于一切总是要从好里想的。我们对于一年中的期望也是要望着安泰与康乐那边去的。我们常回想到"国泰民安，风调雨顺"这样的好话。但是从前的人口里虽是这样祷祝，在行事上，思想上却没努力去求实现，弄到年年是在期望着，而风雨国民仍不免有不调不顺不泰不安的现象。这固然由于执政者的知识的不充足，但一般人对于国家民族的观念与见解的错误也是重要的原因。人民必得对于国家有深切的认识，知道国家的生存与他有密切的关系，才可以期望国运的兴隆。不然，虽有知识与愿望也是徒然。

对于国庆日我们不敢有很奢的期望，如果能达到下列四个愿望，便满足了。

第一，我们愿望中华民国的国本从今天以后越发坚定。旧时代的人民只知有朝，不知有国。且每每以朝为国。亡国只是换朝的别名。国民，在事实上不过是君主的臣仆。君主只知他的地位是上天命他来造元首，来享受，所期望于国泰民安风调雨顺的无非是使他个人安享。他对于国家没有高尚的理想，只知道人民是为他而生存。人民也就不敢有什么主张，纵然有，也不敢阐发出来。

所以我们可以说在二十八年前，中国只有朝代并没有什么国家。"国"的产生，在中国只是这二十几年。我们的民众对于民主政体从模糊的接触，渐渐进到比较清晰的认识，也同于一个人从幼年进到成年期间，经验和理想都渐渐有了根基。我们今日的国难，便是命运将我们抛在民族海中或国家林里，来试验我们的图存力量是否充足；试验我们对我们建国的理想是否正确；我们对于所持的信念是否忠诚。我们愿望国本越来越坚定，先要了解我们的建国理想与护持我们对于国家的信念。

第二，我们愿望从今日起，国内渎职贪婪的官吏迅速被铲除。人民对于政府和国家缺乏热情的拥护，都是因为多数的文武官吏渎职贪婪。那班人的人生观只望求到个人的享受，仍脱不了朝代臣仆的观念，还没进到国族公仆的阶级。故此，一切的活动都是为个人的荣华富贵努力。他们对于群众的福利固然不关心，而对于公款私财，还要尽力榨取。人民的脂膏在他们手里，国家的命脉也要断送在他们的手里。我们要看这样的民贼的罪恶是和汉奸一样，要在短期间清除他们。我们要分辨他们是否贪婪是很容易的。对于"发国难财"的公务人员，更容易识别。政府如果对于他们没办法，我们就怕国家前途的荆棘会更多了。在严惩贪污以外，我们还希望政府能够明令规定人民财产的最高额数，凡超过法定的额数的财产充为公有。这样或者可以使贪婪者无所企图，于国家民族的康健是很有裨益的。

第三，我们愿望从今天起，国民的知识蒸蒸日上。人民被欺负多因于知识缺乏。他们不知道国家与他们的关系，在数千年的教训下，使他们对于事事都听天由命，当事顺从，遇事畏葸。要知顺从不定是服从。服从是由于自己的了解，对于某事佩服，才随从着做下去。顺从是不管你了解与否，你总顺从着别人的意思去做。这样纵然不把他们变成犬马，也与奴隶差不多了。我们愿望有知有力有权的国人迅速地把他们从愚暗的牢狱解放出来。那么，对于他们，我们应当负起供给一个健全的国民应具的常识的责任。识字运动与国语统一运动是刻不容缓的。在传播知识的工作上，我们受过教育的人们都应当参加。这是义不容辞，责无旁贷的事业，也是我们神圣的使命之一。还有我们见得到的信预言，信真命天子，信符咒等等知识上与心灵上的微亡霉菌蔓延于各阶级中间，更要使我们对于知识的传播是必须迅速地举行的。

第四，愿望国民对于文艺和精神上等的资养料越能吸收。干燥的知识若没有文艺的陶冶，或者只能造成一个有用的人，可不能做成一个有性情的人。性情对于事业也是很重要的。许多没灵魂的国贼民贼，多半由于性情乖戾所驱使。要预防这个，我们在文艺上应当供给有益的粮食。这个步骤，当然要分出许多等第，但我们最重要的作品，必须以能供给前方将士与劳作的群众为主。他们的需要文艺皆比悠闲的人们更迫切。所以我们希望全国文艺家努力为他们多产些作品。我们不希望滥调的宣传文学，只希望作者能诚实地与热情地将他们的感想与经验宣露出来，使读者发生对于国家民族的真性情，不为物欲强权所蒙蔽，所威胁。

我们不要打空洞的如意算盘，望国际情形好转，望人来扶助我们。我们先要扶助我们自己，深知道自己建立的国家应当自己来救护，别人是绝对靠不住的。别人为我们建立的国家，那建立者一样可以随时毁掉它。所以我觉得我们这个国庆日于我们特别是可宝爱的，我们要人人得到天赋的权益，在世上满足地生存着当须念念不忘地图谋所愿望的工作能够逐渐实现。

1939 年 10 月 9 日

乡曲底狂言

在城市住久了，每要害起村庄底相思病来。我喜欢到村庄去，不单是贪玩那不染尘垢底山水；并且爱和村里底人攀谈。我常想着到村里听庄稼人说两句愚拙的话语，胜过在郡邑里领受那些智者底高谈大论。

这日，我们又跑到村里拜访耕田底隆哥。他是这小村底长者，自己耕着几亩地，还艺一所菜园。他底生活倒是可以羡慕底。他知道我们不愿意在他矮陋的茅屋里，就让我们到篱外底瓜棚底下坐坐。

横空的长虹从前山底凹处吐出来，七色底影印在清潭底水面。我们正凝神看着，蓦然听得隆哥好像对着别人说："冲那边走罢，这里有人。"

"我也是人，为何这里就走不得？"我们转过脸来，那人已站在我们跟前。那人一见我们，应行底礼，他也懂得。我们问过他底姓名，请他坐。隆哥看见这样，也就不做声了。

我们看他不像平常人；但他有什么毛病，我们也无从说起。他对我们说："自从我回来，村里底人不晓得当我做个什么。我想我并没有坏意思，我也不打人，也不叫人吃亏，也不占人便宜，怎么他们就这般地欺负我——连路也不许我走？"

和我同来底朋友问隆哥说："他底职业是什么？"隆哥还没作声，他便说："我有事做，我是有职业底人。"说着，便从口袋里掏出一本小折子来，对我底朋友说："我是做买卖底。我做了许久了，这本折子里所记底账不晓得是人该我底，还是我该人底，我也记不清楚，请你给我看看。"他把折子递给我底朋友，我们一同看，原来是同治年间底废折！我们忍不住大笑起来，隆哥也笑了。

隆哥怕他招笑话，想法子把他哄走。我们问起他底来历，隆哥说他从小在天津做买卖，许久没有消息，前几天刚回来底。我们才知道他是村里新回来底一个狂人。

隆哥说："怎么一个好好的人到城市里就变成一个疯子回来？我听见人家说城里有什么疯人院，是造就这种疯子底。你们住在城里，可知道有没有这回事？"

我回答说："笑话！疯人院是人疯了才到里边去；并不是把好好的人送到那里教疯了放出来的。"

"既然如此，为何他不到疯人院里住，反跑回来，到处骚扰？"

"那我可不知道了。"我回答时，我底朋友同时对他说："我们也是疯人，为何不到疯人院里住？"

隆哥很诧异地问："什么？"

我底朋友对我说："我这话，你说对不对？认真说起来，我们何尝不狂？要是方才那人才不狂呢。我们心里想什么，口又不敢说，手也不敢动，只会装出一副脸孔；倒不如他想说什么便说什么，想做什么就做什么，那分诚实，是我们做不到的。我们若想起我们那些受拘束而显出来底动作，比起他那真诚的自由行动，岂不是我们倒成了狂人？这样看来，我们才疯，他并不疯。"

隆哥不耐烦地说："今天我们都发狂了，说那个干什么？我谈别的罢。"

瓜棚底下闲谈，不觉把印在水面长虹惊跑了。隆哥底儿子赶着一对白鹅向潭边来。我底精神又贯注在那纯净的家禽身上。鹅见着水也就发狂了。他们互叫了两声，便拍着翅膀趋入水里，把静明的镜面踏破。

生

我底生活好像一棵龙舌兰，一叶一叶慢慢地长起来。某一片叶在一个时期曾被那美丽的昆虫做过巢穴；某一片叶曾被小鸟们歇在上头歌唱过。现在那些叶子都落掉了！只有瘢楞的痕迹留在干上，人也忘了某叶某叶曾经显过底样子；那些叶子曾经历过底事迹惟有龙舌兰自己可以记忆得来，可是他不能说给别人知道。

我底生活好像我手里这管笛子。他在竹林里长着底时候，许多好鸟歌唱给他听；许多猛兽长啸给他听；甚至天中底风雨雷电都不时教给他发音底方法。

他长大了，一切教师所教底都纳入他底记忆里。然而他身中仍是空空洞洞，没有什么。

做乐器者把他截下来，开几个气孔，搁在唇边一吹，他从前学底都吐露出来了。

公理战胜

那晚上要举行战胜纪念第一次底典礼，不曾尝过战苦底人们争着要尝一尝战后底甘味。式场前头底人，未到七点钟，早就挤满了。

那边一个声音说："你也来了！你可是为庆贺公理战胜来底？"这边随着回答道："我只来瞧热闹，管他公理战胜不战胜。"

在我耳边恍惚有一个说话带乡下土腔底说："一个洋皇上生日倒比什么都热闹！"

我底朋友笑了。

我郑重地对他说："你听这愚拙的话，倒很入理。"

"我也信——若说战神是洋皇帝的话。"

人声，乐声，枪声，和等等杂响混在一处，几乎把我们底耳鼓震裂了。我底朋友说："你看，那边预备放烟花了，我们过去看看罢。"

我们远远站着，看那红黄蓝白诸色火花次第地冒上来。"这真好，这真好！"许多人都是这样颂扬。但这是不是颂扬公理战胜？旁边有一个人说："你这灿烂的烟花，何尝不是地狱底火焰？

若是真有个地狱，我想其中的火焰也是这般好看。"

我底朋友低声对我说："对呀，这烟花岂不是从纪念战死底人而来底？战死底苦我们没有尝到，由战死而显出来底地狱火焰我们倒看见了。"

我说："所以我们今晚的来，不是要趁热闹，乃是要凭吊那班愚昧可怜的牺牲者。"

谈论尽管谈论，烟花还是一样地放。我们底声音常是沦没在腾沸的人海里。

面　具

人面原不如那纸制底面具哟！你看那红的，黑的，白的，青的，喜笑的，悲哀的，目眦怒得欲裂底面容，无论你怎样褒奖，怎样弃嫌，他们一点也不改变。红的还是红，白的还是白，目眦欲裂底还是目眦欲裂。

人面呢？颜色比那纸制底小玩意儿好而且活动，带着生气。可是你褒奖他底时候，他虽是很高兴，脸上却装出很不愿意底样子；你指摘他底时候，他虽是懊恼，脸上偏要显出勇于纳言底颜色。

人面到底是靠不住呀！我们要学面具，但不要戴他，因为面具后头应当让它空着才好。

落花生

我们屋后有半亩隙地。母亲说："让它荒芜着怪可惜，既然你们那么爱吃花生，就辟来做花生园罢。"我们几姊弟和几个小丫头都很喜欢——买种底买种，动土底动土，灌园底灌园；过了不几个月，居然收获了。

妈妈说："今晚我们可以做一个收获节，也请你们爹爹来尝尝我们底新花生，如何？"我们都答应了。母亲把花生做成好几样底食品，还吩咐这节期要在后园茅亭里举行。

那晚上底天色不大好，可是爹爹也到来，实在很难得。爹爹说："你们爱吃花生么？"

我们都争着答应："爱！"

"谁能把花生底好处说出来？"

姊姊说："花生底气味很美。"

哥哥说："花生可以制油。"

我说："无论何等人都可以用贱价买他来吃；都喜欢吃他。这就是他底好处。"

爹爹说："花生底用处固然很多，但有一样是很可贵的。这小小的豆不像那好看的苹果、桃子、石榴，把它们底果实悬在枝头，鲜红嫩绿的颜色，令人一望而发生羡慕底心。他只把果子埋在地底，等到成熟，才容人把他挖出来。你们偶然看见一棵花生瑟缩地长在地上，不能立刻辨出他有没有果实，非得等到你接触他才知道。"

我们都说："是的。"母亲也点点头。爹爹接下去说："所以你们要像花生，因为他是有用的，不是伟大、好看的东西。"我说："那么，人要做有用的人，不要做伟大、体面的人了。"爹爹说："这是我对于你们底希望。"

我们谈到夜阑才散，所有花生食品虽然都没了，然而父亲底话现在还印在我心上。

爱流汐涨

月儿底步履已踏过嵇家底东墙了。孩子在院里已等了许久，一看见上半弧底光刚射过墙头，便忙忙跑到屋里叫道："爹爹，月儿上来了，出来给我燃香罢。"

屋里坐着一个中年的男子，他底心负了无量的愁闷。外面底月亮虽然还像去年那么圆满，那么光明，可是他对于月亮底情绪就大不如去年了。当孩子进来叫他底时候，他就起来，勉强回答说："宝璜，今晚上不必拜月，我们到院里对着月光吃些果品，回头再出去看看别人底热闹。"

孩子一听见要出去看热闹，更喜得了不得。他说："为什么今晚上不拈香呢？记得从前是妈妈点给我底。"

父亲没有回答他。但孩子底话很多，问得父亲越发伤心了。他对着孩子不甚说话。只有向月不歇地叹息。

"爹爹今晚上不舒服么？为何气喘得那么厉害？"

父亲说："是，我今晚上病了。你不是要出去看热闹么？可以教素云姐带你去，我不能去了。"

素云是一个年长底丫头。主人底心思、性地，她本十分明白，所以家里无论大小事几乎是她一人主持。她带宝璜出门，到河边看看船上和岸上各样底灯色，便中就告诉孩子说："你爹爹今晚不舒服了，我们得早一点回去才是。"

孩子说："爹爹白天还好好地，为何晚上就害起病来？"

"唉，你记不得后天是妈妈底百日吗？"

"什么是妈妈底百日？"

"妈妈死掉，到后天是一百天底工夫。"

孩子实在不能理会那"一百日"底深密意思。素云只得说："夜深了，咱们回家去罢。"

素云和孩子回来底时候，父亲已经躺在床上，见他们回来，就说："你们回来了。"她跑到床前回答说："二爷，我们回来了，晚上大哥儿可以和我同睡，我招呼他，好不好？"

父亲说："不必。你还是睡你底罢。你把他安置好，就可以去歇息，这里没有什么事。"

这个七岁底孩子就睡在离父亲不远底一张小床上。外头底鼓乐声，和树梢底月影，把孩子嬲得不能睡觉。在睡眠底时候，父亲本有命令，不许说话，所以孩子只得默听着，不敢发出什么声音。

乐声远了，在近处底杂响中，最激刺孩子底，就是从父亲那里发出来底啜泣声。在孩子底思想里，大人是不会哭底。所以他很诧异地问："爹爹，你怕黑么？大猫要来咬你么？你哭什么？"他说着就要起来，因为他也怕大猫。

父亲阻止他，说："爹爹今晚上不舒服，没有别的事。不许起来。"

"咦，爹爹明明哭了！我每哭底时候，爹爹说我底声音像河里水声浧溮浧溮地响；现在爹爹底声音也和那个一样。呀，爹爹，别哭了，爹爹一哭，教宝璜怎能睡觉呢？"

孩子越说越多，弄得父亲底心绪更乱。他不能用什么话来对付孩子，只说："璜儿，我不是说过，在睡觉时不许说话么？你再说时，爹爹就不疼你了。好好地睡罢。"

孩子只复说一句："爹爹要哭，教人怎样睡得着呢？"以后他就静默了。

这晚上底催眠歌，就是父亲底抽噎声。不久，孩子也因着这声就发出微细的鼾息；屋里只有些杂响伴着父亲发出哀音。

猫　乘

　　猫不入六畜之数，大概因为古人要所豢养的禽兽的肉可以供祭祀及蒸享的用处，并且可以成群繁殖起来的才算家畜。在古人眼里，猫是一种神秘而有威力的动物。它的眼睛能因时变化，走路疾速而无声，升屋上树非常自在等等，都可以教人去想它是非凡的。事实上，猫在农业文化的社会的地位正如狗在游牧文化的社会里一样。古人先会养狗是当然的。汉以前人家居然知道养猫，可是没听过到市里去买猫。当时养的大都是半野的狸，猎人获到，取数十钱的代价，卖给人家。《韩非子》里，有"将狸攻鼠"，"令狸执鼠"的话。《说苑》"使麒骥捕鼠，不如百钱之狸"和《盐铁论》里"鼠穷啮狸"，都可以说明当时只有半野的狸，没有纯豢的猫。后世人虽有"家猫为猫，野猫为狸"的说法，其实上面所说的狸都是已经被养熟了的。字书说狸是里居的兽，所以狸字从里；名为猫是因"鼠善害苗，而猫能捕之，去苗之害，故字从苗"。这两说固然可以讲得过去，但对于猫字似乎还是象声为多，所以《本草纲目》说"猫有苗茅二音，其名自呼"。我们不要想猫字比狸字晚，《诗经大雅韩奕》有"有猫有虎"的一句,《郊特牲》也有"迎猫为其食鼠"的话。看来称猫,是有些尊重的意思,不然,不能用一个很恭敬的迎字。也许当时在一定的节期从田野间迎接到家里来供养的称为猫,平常养的才称为狸,后来猫的名称用开了,狸的名字也就渐渐给忘了。现在对于黑斑猫还叫作"铁狸",也可以说猫狸两字在某一阶段也是同意义的。

农业文化的社会尊重猫,因为它能毁灭那残害禾稼的田鼠和仓禀里、家室里的家鼠。以猫为神,最早的是埃及。古埃及人知道猫在第十一朝时代,据说是从纽比亚(Nubia)传进去的。自那时代以后,埃及才有猫首人身的神像。猫神名伊路鲁士(AE-lums):人当猫为神圣,甚至做成猫的木乃伊;杀猫者受死刑。他以为猫是月女神,因为它的眼睛可以像月一样有圆缺。中国古时迎猫的礼仪不可详知,从八蜡的祭礼看来,它与先啬、司啬等神同列,可见得它是相当地被尊重。祭猫的礼大概在周秦以后已经不行,所以人们不像往昔那么尊重它。黄汉《猫苑》(卷上)说:"丁雨生云,安南有猫将军庙,其神猫首人身,甚著灵异。中国人往者,必祈祷,决休咎。"这位猫神到底管什么事,不得而知,若依作者的附说,此猫字即毛字之讹,因为明朝毛尚书曾平安南,猫将军即毛尚书。这样看来,他与猫神就没什么关系了。铸画猫形来镇压老鼠的事却有些那个。《夷门广牍记》:"刻木为猫,用黄鼠狼尿,调五色画之,鼠见则避。"《猫苑》的作者弓邓椿画猫云:"僧道宏每往人家画猫则无鼠。"作者又说:"山阴童树善画墨猫,凡画于端午午时者,皆可避鼠,然不轻画也。余友张韵泉(凯)家,藏有一幅。尝谓悬此,鼠耗果靖。"(卷上形相章)又记,"吴小亭家藏王忘庵所画鸟猫图,自题十六字云,日危,宿危,炽尔杀机。鸟圆炯炯,鼠辈何知? 余按家香铁待诏，重午画钟馗，诗云：画猫日主金危危，则知危目值危宿，画猫有灵。必兼金日者，金为白虎之神，忘庵句盖本乎此。"又记："朱赤霞上舍（城）云，凡端午日取枫瘿刻为猫枕，可辟鼠，兼可辟邪恶。"由辟鼠的功效进而可以辟盗贼。《猫苑》（卷上）有一个例。作者说："刘月农巡尹（荫棠）云：番禺县属之沙湾茭塘界上有老鼠山。其地向为盗薮。前督李制府瑚患之，于山顶祷大铁猫以镇之。猫则张口撑爪，形制高巨。予曾缉捕至此，亲登以观。而游人往往以食物巾扇等投入猫口，谓果其腹，不知何故。"

养蚕人家也怕老鼠食蚕，故杭州人每于五月初一日看竞渡后，必向娘娘庙买泥猫回家，不专为给孩子玩，并且可以攘鼠。

以上所举的事例都含有巫术意味，并非当猫作神。清代天津船厂有铁猫将军，受敕封，每年例由天津道躬诣祭祀一次。金陵城北铁猫场有铁猫长四尺许，横卧水泊中，相传抚弄它，可以得子。每年中秋夜，士女都到那里去。这与猫没关系，乃是船锭。船又叫铁猫，是何取义，不敢强解，现在猫写作锚，也许离开本义更远了。

神怪的猫

猫与其他动物一样。活得日子长久了就会变精。袁枚《子不语》（卷二十四）记靖江张氏因为通水沟，黑气随竹竿上，化作绿眼人乘暗淫他的婢女。张求术士来作法，那黑气上坛舔道士，所舔处，皮肉如刀割。道士奔去，想渡江求救于张天师，刚到江心，看见天上黑气四起，就庆贺主人说：那妖已经被雷劈死了！张回家，看见屋角震死一只猫，有驴那么大。

猫变人的传说在欧洲也一样地很多。在术语上，猫变人叫猫人；人变猫就叫人猫。欧洲的人猫，似乎是比猫人多些。韩美（FHamel）在"人兽"（Human Animals）第十二章里说了下面的一个故事：一七一九年二月八日，陀素（Thurso）的牧师威廉因士（William Junes）在开陀尼士（caithness）审问一个女人马嘉列·连基伯（Margaret Nin—Gilbert）。那妇人承认，有一晚上，她在道上走，遇见一个魔鬼现出人形，要她与他同行同住。从那时起，她与那魔鬼就很相熟，有时它在她面前现出一匹大黑马的形状，有时骑在马上，有时像一朵黑云，有时像一只黑母鸡。这妇女显然是从一个巫师学来的巫术，所以会这样。有一个瓦匠名叫威廉孟哥麻里（William Montgomery），他的房子被许多猫侵入，以致他的妻与女仆不能再住在那里。有一晚上，威廉回家，看见五只猫在火炉边，仆人对他说：它们在那里谈话咧。在十一月二十八日，一只怪猫爬进一个贮箱的圆洞里。威廉就守在那里，若是看见有脑袋伸出来，便用刀斫下去。他果然把刀斫到那怪物的脖子上，可没逮着。一会，他打开那箱，他的仆人用斧子砍那怪猫的背后，连斧子砍在箱板上。至终那怪猫带着斧子逃脱掉。但是他连续地追，又砍了好些下，至终把它砍死。威廉亲把那死猫扔出去，可是等二天早晨，起来一看，那猫已不见了。隔了四五晚，仆人又嚷说那猫再来了。威廉用方格绒围住它，把斧子斫在它身上，到它被斧子钉在地上，又用斧背打击它的头，一直打到死，又把它扔掉。第二天早晨起来看，又不见了。很奇怪的是当斫那怪猫的时候，一滴血也没有。他一共斫了几只，都没有一只是邻人的。于是他断定那一定是巫师做的事。二月十二，住在威廉家半英里的妇人马嘉列·连基伯被告发了，她的邻人看见她掉了一条腿在她自己的门口。她那一只腿是黑的而且腐烂了。那人疑心她是女巫，就捡起来送到州官那里，州官立刻把那妇人逮捕入狱。那妇人承认她变猫走进威廉家里，被威廉砍断了一条腿，还有另外一个妇人名马嘉列·奥尔逊（Margaret Olsone）也是变了猫一同进去的。别的女巫，人看不见，因为魔鬼用黑雾遮掩着她们。

韩美又说："在法国基奥达（Giotat）附近的西里斯特村（Ceyreste）住着一个女人，她的孩子们常常有病，这个好了，那个又病起来。她不晓得要怎办。有一天，她的邻人对她说，她的婆婆也许是个巫婆，孩子们的病当与那老太太有关系。于是她对丈夫说了。两个人仔细查察孩子们的病，看看有没有巫术的影响。有一晚上，他们看见一只黑猫走近那个小婴孩的摇篮边，轻寂地走动，丈夫立刻拿起一根棍子想去打死它。他没打着那猫的身体，只中了它的爪子。那猫拼命逃走了。孩子们的祖母是每天要来看他们，问孩儿们的康健的。自从打了黑猫以后，老太太就好几天不上门来。

邻人对那丈夫说，她一定是有什么事，不肯给人知道的，可以去看看她。丈夫于是去看她的妈。一进门就看见她的一只手包起来，对着他发脾气。他假装看不见她的伤处，只用平常很安静的话问她为什么好几天没到家去看孙子们。

那老太太回答说："我为什么要到你家去呢？看看我的手指头。假如我的手指头是给斧子砍着，不是给棍子打着，我的指头就被切断，所剩的只是残废的肢体罢了。"

中国的猫人故事比较多，因为我们没有像基督教国家的魔鬼信仰，只信物老成精的说法，所以猫也和狐狸、熊、老虎等，一样会变人。人每以猫善媚人，以致如江浙人中有信它是妓女所变成，这又是轮回信仰，与猫人无涉。但是，不必变人而能加害于人的猫，在中国也有。例如《猫苑》卷上《毛色》所记："孙赤文云，道光丙午（1864）夏、秋间，浙中杭、绍、宁、台一带传有鬼祟，称为三脚猫者，每傍晚，有腥风一阵，辄觉有物，人人家室以魁人，举国惶然。于是各家悬锣钲于室，每伺风至，奋力鸣击。鬼物畏锣声，辄遁去。如是者数月始绝。是亦物妖也。"

又据清道光时代人庸讷居士著的《咫闻录》（卷一）记：

> 甘肃凉州界，民间崇祀猫鬼神，即北史所载高氏祀猫鬼之类也。其怪用猫缢死，斋醮七七、即能通灵。后易木牌，立于门后，猫主敬祀之，旁以布袋，约五寸长，备待猫用，每窃人物。至四更许，鸡未鸣时，袋忽不见，少顷，悬于屋角。用梯取下，释袋口，倾注柜中，或米或豆，可获二石。盖妖邪所致，少可容多，祀者往往富可立致。有郡守某生辰，同僚馈干面十余石，贮于大桶。数日后，守遣人分贮，见桶上面悬结如竹纸隔，下规则空空然！惊日诸守，命役访治。时府廨后有祀此猫者，役搜得其像。当堂重责木牌四一，并答其民，笑而遣之。后闻牌责之后，神不验矣。

又猫可以给人寄寓灵魂在它身体里头。富莱沙在《金枝集》里说了一段非洲的故事。

南非洲巴兰牙（Ba—Ranga）人中，从前有一族的人们寄他们的灵魂在一只猫身上。这猫族有一个少女低低散（Titishan）当嫁时强要那只猫随行。她到夫家，就把那猫藏在密室，连丈夫也没见过它，也不知道她带了一只猫来。有一天，她到地里工作，猫逃出来，走入茅寮，把丈夫的战斗装饰品着起来歌唱舞蹈。孩子们听见，进去看见一只猫在那里装着怪样子。他们很骇异猫在戏弄他们，就去告诉父亲说，有一只猫在他屋里舞蹈，还侮辱了他们。主人说，别说，我不要你们撒谎。他们于是回家，看见那猫还在那里，就把它打死。那时，他妻子立刻倒在地上，临死时，说："我在家被人杀死了！"她丈夫回来，她还可以说话，就教他快去告诉她家人。她的家族众人一听见这事，个个都立刻死了。从此这猫族绝了种。

这寄生命在别的物体上的故事，在民间传说里很多，大概与图腾多少有关系罢。

人事的猫

所谓人事的猫，是人们对于猫的行为与态度。古代罗马人以猫为自由的象征。罗马自由女神的形像是一手持杯，一手持折断的王节，脚下睡着一只猫。除去古埃及以外，以猫为神圣的恐怕要数到古罗马了。欧洲许多地方以猫为土谷神，富莱沙的名著《金枝集》里举出许多有趣的风俗，试在这里引录出来：

（一）在法国窦菲涅（Dauphine）的白里安逊（Briancen）地方，当麦熟时，农人用花带和麦穗饰猫，教它做球皮猫（Le Chatde Peau de Salle），假如刈麦者受伤，就用那球皮猫来舔伤口。收获完了，更把它装饰起来，大家围着它舞蹈。舞完，诸女子才慎重地把它的装饰卸除掉。

（二）在波兰西勒西亚（Silesia）的格鲁尼堡（Gruneberg）地方，农人不用真猫，教那收割田的最后一穗的农夫做多马猫（Tom cat）。别人把墨麦秆与绿枝条围绕着他；又打一条很长的辫子系在他身上，当作他的尾巴。有时把另一个人打扮得和他一样，叫作猫，是当作女性的。多马猫与猫的工作是用一根长棍子追人来打。

（三）南洋诸岛人，有些也信猫与田禾有关，求雨时常用得着它。在南西里伯岛（Celebes），农人求雨，把猫缚在肩舆上，扛着绕行干燥的田边，同时用竹管引水。猫叫时，他们就说，主呀求你把雨降给我们。爪哇农人求雨最常用的方法是洗猫。洗猫有时是一只，有时是一对，用鼓乐在前引导。巴达维亚城，孩子们常为求雨洗猫，方法是把猫扔在水里，由它自己爬到过岸。苏门答腊有些村子在求雨时，村妇着衣服涉入水中，戽水相溅，然后扔一只黑猫进水，容它在水里泅些时候，才由它泅上岸去。妇女们戽着水随在它后头。

自从猫与魔鬼合在一起，做土谷神的猫在好些地方是要被杀的。法国有些地方。杀猫或捉猫便是到田里收获的别名。有些地方，打谷打到最后一把，农人就将一只猫放在一起，用连枷来打死它。到最近的星期日，把它烧熟了当圣物吃。法国亚美安（Amiens）农人若说他们去杀猫便是收获完工的意思。收获的工作完毕，他们就在田里杀死一只猫。波希米亚人把猫杀死埋在田中，为的是教禾稼不受损害。这都是土谷神的悲惨命运。

欧洲许多地方虽然还以杀猫为不吉利，但在节期当它做魔鬼或巫师的变形来处治的事也不少。

法国古时在仲夏月、复活节、忏悔日，和纪念耶稣在旷野四旬的春斋期，每在巴黎格里弗场（place de greve）举喜火。通常是把活猫放在一个篮子里，或琵琶桶里，或口袋里，悬在火中一根竿子上头。有时他们也烧狐狸。烧完，人民收拾火灰与烬余物回家，相信可以得到好运气。法国王常亲自举火。最末一次是一六四八年，路易十四举的。他戴着玫瑰花冠，手里也捧着一束玫瑰，举火以后，还围着火堆与大众舞蹈，舞完到市公所举行大宴会。

法国亚尔丹尼士省（Ardennes）人当春斋的第一个星期日烧猫。在火熄后，牧人把牛羊赶来，教它们越过灰烬，以为可以免除灾害。举火者必是年中最后结婚的新人，有时用男，有时用女。新人举火后，大众围着火堆舞蹈，求来丰年。

在婚礼上，有些地方也杀猫。德国爱菲尔（Eifel）地方，结婚人家在婚后几个星期举行猫击礼（Katzenschlag），法国克鲁士（creuse）人于结婚日带一只猫到礼拜堂去，用它来打贺喜的亲友。一直把它打到死，才把它煮熟了给新郎新娘吃。波兰风俗，假如新郎是个鳏夫，在家里须要打破玻璃门，把猫扔进去。新娘才随着扔猫的地方进入洞房。

猫肉本来不是常时的食品，但有许多地方的人很喜欢吃它。富莱沙告诉我们，在纽几内亚北边的俾斯麦群岛，土人爱吃猫，常常到邻村去偷别人的猫来吃。但那里的人信猫身体的一部分如未被吃，就可以作法教那吃的人生病。他们的方法是把猫尾巴剁掉收藏起来。若是猫不见了，一定是贼人偷去吃。猫主可以把所失的猫被剁下来的尾巴取出，同符咒一齐埋在隐秘地方。那贼就会生病。在那里的猫都是没尾巴的，因为必要如此，才没人敢偷。

中国人除去药用以外，吃猫也是由于特别的嗜好，如广州人春天所嗜的龙虎羹，便是蛇与猫的时食。从一般的习惯说，猫不是正常的食品。有些地方还以为猫是杀不得的，因为一只猫管七条命，如人杀死一只猫，他得偿还七世的生命。

因为猫的形态颜色有种种不同，所以讲究养猫的都加意选择。选择的指导书是世传的《相猫经》。现在把主要的相法列举几条在的下：

（一）头面要圆。面长会食鸡；所以说，"面长鸡种绝"。

（二）耳要小而薄。这样就不怕冷，所以说，"耳薄毛毡不畏寒"。头与耳都不怕长。所谓猫贵五长，是说头、尾、身、足、耳都要长，不然，便是五秃。但发微历正通书大全又说："猫儿身短最为良。眼用金钱尾用长，面似虎威声振喊。老鼠闻之立便亡。"又说，"腰长会走家"。看来身长是不好的相。二说，不知谁是。

（三）眼要具金钱的颜色。最忌带泪和眼中有黑痕，所以说，"金眼夜明灯"。眼有黑痕的是懒相。

（四）鼻要平直。鼻钩及高耸是野性未除的相。这样的猫爱吃鸡鸭，所以说，"面长鼻梁钩，鸡鸭一网收"。

（五）须要硬而色纯。经说："须劲虎成多。"又说，"猫儿黑白须，疴屎满神炉。"无须的会食鸡鸭。

（六）腰要短。腰长就会过家。

（七）后脚要高。后脚低就无威。

（八）爪要深藏而有油泽。露爪就会翻瓦。

（九）尾要长细而尖，尾节要短，且要常摆动。尾大主猫懒，常摆便有威，所以说，"尾长节短多伶俐"，"坐立尾常摆，虽睡鼠亦亡"。

（十）声要响亮。声音响亮是威猛的征象。

（十一）口要有坎。经说："上颚生九坎，周年断鼠声。七坎捉三季。坎少养不成。"

（十二）顶要有拦截纹。拦截纹是顶下横纹。相畜余编记，猫有拦截纹，主威猛。有寿纹，则加八字，或加八卦，或如重弓、重山，都好。没这些纹，就懒阔无寿。

（十三）身上要无旋毛。胸口如有旋毛，主猫不寿。左旋犯狗；右旋水伤。通身有旋，凶折多殃。所以说："耳小头圆尾又尖，胸膛无旋值千钱。"

（十四）肛要无毛。经说："毛生屎屈，疴屎满屋。"

（十五）睡要蟠而圆，要藏头掉尾。

至于毛色，以纯黄为上，所谓"金丝猫"的就是。其次纯白的，名"雪猫"，但广东人不喜欢，叫它做"孝猫"，主不祥。再次是纯黑的，叫"铁猫"。纯色的猫通名为"四时好"。褐黄黑相兼，名为"金丝褐"。黄白黑相兼，名"玳瑁斑"。黑背白肢，白腹，名为"乌云盖雪"。四爪白，名"踏雪寻梅"。白身黑尾，最吉，名为"雪里拖枪"。通身黑而尾尖一点白名为"垂珠"。白身黑尾，额上一团黑色的，名为"挂印拖枪"，又名"印星"，主贵，而白身黑尾，背上一团黑色的，名为"负印拖枪"。黑身白尾，名为"银枪拖铁瓶"，又名"昆仑妲己"。白身而嘴边有衔花纹，名为"衔蚁奴"。通身白而有黄点，名为"绣虎"。身黑而有白点，名为"梅花豹"，又名"金钱梅花"。黄身白腹，名为"金聚银床"。白身黄尾，名为"金簪插银瓶"，又名"金索挂银瓶"。白身或黑身，而背上有一点黄的，名为"将军挂印"。身尾及四足俱有花斑，名为"缠得过"。这些都是人格的猫，至于黄斑，黑斑，都是狸的常形，不算希奇。此外如"狸奴"、"虎舅"、"天子妃"、"白老"、"女奴"等，是猫的别名。爱猫的也带给猫许多好名字。最雅的如唐贯休有猫名"焚虎"，宋林灵素字"金吼鲸"，明嘉靖大内的"霜眉"，清吴世瑶的"锦衣娘"、"银睡姑"、"啸碧烟"，都好。其他名字可参看《猫苑》（卷下）名物，此地不能尽录出来。

自然的猫

人与猫相处，觉得猫有许多生理上及心理上的特性。如独生猫，每为人所喜爱。中国各处有相同的口诀，说："一龙，二虎，三太保，四老鼠。"意思是独生的猫如龙，孪生的猫似虎。一胎三只以上就不大好了。闽南人的口诀是，"一龙，二虎、三偷食，四背祖。"所以生三只，四只，不是懒惰，就是不认主人。但这都是人们对于猫的见解，究竟如何，也不能断定。在《贤奕》里引出一段龙猫、虎猫的笑话。

齐奄家畜一猫，自奇之，号于人曰虎猫。客说之曰，虎诚猛，不如龙之神也。请更名曰，龙猫。又客说之曰，龙固神于虎也。龙升天，须浮云。云其尚于龙乎？不如名曰云。又客说之曰，云霭蔽天，风倏散之。云固不敌风也。请名曰风。又客说之曰，大风飚起，维屏与墙，斯足蔽矣。风其如墙何？名之曰墙猫。又客说之曰，维墙虽固，维鼠穴之，墙斯圮矣，墙又如鼠何？即名曰鼠猫。东里丈人嗤之曰，猫即猫耳，胡为自失其本真哉？

这可以见得名龙，名虎，乃属主观的，不必限于独生或孪生的关系。又人对猫的观察常有错误。如说，猫捕食老鼠以后，它的耳朵必定有缺。像老虎的耳朵在吃人以后的锯缺一样。大概缺的原因是由于偶然的损伤，决非因吃了一个人或一只鼠就缺一块。

有一件事最显然的是猫常有吃掉自己的小猫的情形。这情形，在狗和别的动物中间也常见，不过人没注意到罢了。中国人的解释是猫当乳哺时期，属虎的人不能去看它，若是看见了，母猫必要徙窠，甚至把小猫都吃掉。空同子说："猫见寅人，则衔其儿走徙其窠。"《黄氏日抄》说："猫初生，见寅肖人，而自食其子。"但有些地方以为给属鼠的人见到，母猫就会把小猫吃掉。又李元《蠕范》说："猫食鼠，上旬食头，中旬食腹，下旬食足。"这也未见得是正确的观察，其实要看鼠的大小，及猫的性格而定。有些猫只会捕鼠，把鼠咬死就算，一口也不吃，有些只会捕鸟，看见老鼠都懒得去追。

　　欧洲人以为一只猫有九条命，因为它很难致死。这话在文学上用得很多。德国的谚语甚至有"一只猫有九条命；一个女人有九只猫的命"。表示女人的命比猫还要多几倍。从动物学的观点说，猫的命是有许多生理上的特长来保护着它。最惹人注意的是，凡猫从高处摔下，无论如何，四条腿总是先落在地上，不会摔伤。这现象固然是由于猫的祖先升树的习性所形成，但主要的还是它能利用身体的均衡运动。脊椎动物的耳里有半圆管司身体的均衡作用。这半圆管的动用在耳目听觉以前便有了。听觉是动物进化后才显出的作用，在此以前，身体的均衡比较重要。猫还保持着它灵敏的均衡作用，所以无论人怎样扔它，它很容易地翻过身来，使四只脚先到地。而且它的脚像安着弹簧一样，受全身的重力，一点也没伤害。如果一只猫不会这样，那就是因为它太被豢养惯了。

　　猫的触须很长，这也是哺乳动物所常有的，即如鲸的上唇也有。不过在猫族中，触须特别发达，因为它们要走在黑暗地方，这须于感觉的帮助很大。猫还有特灵的嗅觉和听觉。家猫与野猫都可以辨别极细微的声音。从这些声音，它们可以认识是从什么地方，什么东西发出的，但是它们所认的不是音的高低，乃是声的大小，它们能听人的说话，并不像狗那样真能懂得，只是由声的大小供给它们的联想而已。

猫可以在夜间看见东西。这是因为猫类多半是夜猎的兽，非到昏暗不出来，它们能利用微暗的光来看东西。它们的瞳子，因为需要光度的大小，而形成伸缩作用。所谓猫眼知时，乃是受光的强弱所生现象。关于依猫眼测时间的歌诀很多，最常见的是："子午线，卯酉圆，寅申巳亥银杏样，辰戌丑未侧如钱。"这在平常的时候，固然可以，如果在天阴、暗室里，就不一定准了。在越黑暗的地方，猫的瞳子放得越大。眼的网膜有一层光滑如镜的薄面，这也是帮助它能在暗处见物的一件法宝。因为它有这样的网膜，所以人每见它在暗处两眼发光。但在无光的地方如物理实验的暗房里，猫眼也不能被看见，因为所有的眼都不能自发光辉。所有的猫都是色盲的。它们住在一个灰色的世界里。它们虽然能够分辨红白，但也不是从色素，只是由光的刺激的大小分别出来。我们可以说猫不只是音聋和色盲，并且于听视二觉都有缺陷。它本是夜猎的兽类，所以对于声音与颜色只须能够辨别大小远近就够了。

俗语说："猫认屋，狗认人。"猫有本领认识它所住的地方，虽然把它送到很远，若不隔着水和高墙，它总会寻道回来。这个本领在林栖的动物中常有，尤其是在乳哺期间，母兽必有寻道还窠的能力，不然，小兽就会有危险。

中国书上常说，猫的鼻端常冷，唯夏至一日暖。这是因为它的鼻常湿，为要增加嗅觉作用，与阴阳气无关。

猫的感情作用，最显然的是见到狗或恐怖时，全身的毛竖立起来。不过这不必每只猫都是一样，有的与狗做朋友，见了一点也不害怕。毛竖的现象，在人类与其他哺乳动物都有，在肾脏的前头有一个小小的器官，名叫"肾上腺"，它是对付一切非常境遇的器官。从这腺分泌肾上腺碱（Adrena—lin）游离于血液中间，分布到全身。这种分泌物，现在叫作"兴奋体"（Hor—mones）。它们是"化学的传信者"，常为保持身体的利益而分泌到身上各部分。肾上腺碱，一分泌出来，就可以增加血液的压力，紧张肌肉，增加心动等；还可以激动毛发下的小肌肉使毛发竖立起来。身体有强烈的情绪就是神经受了大刺激，如系属于恐怖的，肾上腺碱立时要分泌出来，使血液里的糖分增加散布到各部分，它的主要功用，可以振奋精神，如受伤出血时，可以使血在伤口凝结得快些。所以猫和人一样，在预备争斗或恐怖的时候，血里都满布着肾上腺碱。这兴奋体是近代的发现，医药家每取肾上腺碱来做止血药及提神药，大概所有的药房都可以买得到。

猫一竖毛，同时便发出吼声，身体四肢做备斗的姿势，它的生理上的变化也和人类一样。第一步是愤怒，由愤怒刺激肾上腺，肾上腺急剧地制造肾上腺碱，分泌出来随着血液传达到全身。身体于是完成争斗的预备而示现争斗的姿势。若是争斗起来，此肾上腺碱一方面激起兴奋作用；受伤时，就显止血作用，若是斗不起来，情绪便渐渐松弛，身体姿势也就渐次复原了。

猫是最美丽最优雅的小动物，从来养它的人们不一定是为捕鼠，多是当它做家里的小伴侣。普通的家猫可分为二类，一是长毛种，一是短毛种，前者比较贵重，后者比较常见。长毛猫不是中国种，最有名的是"金奇罗"（Chinchilia），它的眼睛，绿得很可爱。其次是"师莫克"（Smoke），它有琥珀样的眼睛。这两种长毛猫在欧洲的名品很多，毛色多带灰蓝，但其他色泽也有。还有一种名"达比士"（Tabbies），也很可贵。所有长毛猫都是一个原种变化出来的。中国的长毛猫古时多从波斯输入，所以也称为波斯猫或狮猫。短毛猫各国都有。讲究养猫的，都知道此中的优种是亚比亚尼亚种、俄罗斯种、暹罗种。亚比亚尼亚猫很像埃及种，大概是古埃及的遗种。这种猫身尾脚耳都很长，颜色多为黑，褐，很少白的。俄罗斯猫眼带绿色，毛细而密，为北方优种。暹罗猫多乳白色，头脚尾褐色，宝蓝眼，从前只饲于宫中，近来才流出各处。此外，如英国的人岛猫，属于短毛类，它的奇特处是没有尾巴，像兔子一样。中国的特种猫，据《猫苑》说，有闽粤交界的南澳岛所产的歧尾猫，这种猫的尾巴是卷曲的，名叫麒麟尾，或如意尾，很会捕鼠。又四川简州有一种四耳猫，耳中另有小耳，擅于捕鼠，州官每用来充作方物贡送寅僚，四川通志和袁枚《续子不语》（卷四）都记载这话，但不知道所谓四耳，究竟是怎样的。

　　以上关于猫的话，不过是略述猫的神话、人事与自然三方面。因为它对于人的关系那么久远，养它的人不一定是为治鼠，才把它留在家里。它也是家庭的好伴侣，若将它与狗来比，它是静的和女性的，狗正与它相反。作者一向爱猫，故此不惮烦地写了这一大篇给同爱的读者。

1940 年

一封公开的信

中国晚报主笔先生及张春风先生：

八月一日贵报登出《出卖肉麻》一文，讥评×××女士造像义展，眼光卓越，佩服之至。这篇"巨文"，我始终未读过，因为我曾签名赞成此事，所以一读张先生大文之后便希望原作者能够再向大众申明一下，可惜等了这许多天毫无动静，不得已得向二位先生说明几句。

我现在把签名底经过与我对于这事底意见叙述一番，如有不对之处，还求指教。

一个月前，在全国文艺界抗战协会留港会员开会底一个晚上，会员们约了些漫画家，音乐家，电影家来凑热闹，×××女士当晚也被邀到会唱歌，同时有一二位会员拿出一个卷子请在座诸君赞助×××女士造像义展会。据说是她要将自己底各种照片展览出卖，以所得款项献给国家，特要我做赞助人。我当时觉得义不容辞，便签了名，可没看见有"怀江山而及丽质，睹香草而思美人"那篇文章。若是见了当然也是不合我底脾胃，我必会建议修改的。

　　我很喜欢张先生指出传统的滥调，如江山，丽质，香草，美人一类的词句，是肉麻的。这个证明作者写不出所要办底事情真意，反而引起许多恶劣的反感。但在作者未必是有意说肉麻的话，他或者只知道那是用来描写美人底最好成语。所以修辞不得法，滥用典故成语，常会吃这样的亏。

　　不过我以为文章拙劣，当与所要办底事分开来看。张先生讥评那篇启文是可以的，至于斥造像义展为不然，我却有一点不同的意见。此地我要声明我并不是捧什么伶人，颂什么女优。此女士也是当晚才见过底，根本上不能说有什么交情，也没想要得着捧颂底便宜。我底意见与张先生不同之处，如下所述。

　　唱戏，演电影，像我们当教员当主笔底一样，也是正当的职业。我一向是信从职业平等底。我对于执任何事业底都相当地尊重他们。看优伶为贱民，为身家不清白，正是封建意识底表现。须知今日所谓身家不清白，所谓贱，乃是那班贪官污吏，棍徒赌鬼，而非倡优隶卒之流。如果一个伶人为国家民族愿意做他所能做底，我们便当赋同情于他。捧与颂只在人怎样看，并不是人人都存着这样的心。在张先生底大文里以为替伤兵缝棉衣，在国破家亡底时候，是每个男女国民所当负底责任，试问我国有多少男女真正负过这类或相等的责任？现在在中国底夫人小姐们不如倡优之处很多，想张先生也同我一样看得到。塘西歌姬底义唱，净利全数献给国家。某某妇女团体组织义演，入款万余元，食用报销掉好几千！某某文化团体"七七"卖花，至今账目吐不出来。这些事，想张先生也知道罢。我们不能轻看优伶，他们简单的情感，虽然附着多少虚荣心，却能干出值得人们注意底事。

　　一个演电影底女优，她底色是否与她底艺一样重要？（依我底标准，×××女士并不美。此地只是泛说。）若是我们承认这个前提，那么"色相"于她，当等于学识于我们，一样是职业上的一种重要的工具，能显出所期底作用底。假如我们义卖文章，使国家得到实益，当然不妨做做。同样地，申论下去，一个女优义卖她底照片，只要有人买，她得到干净的钱来献给国家，我们便不能说她与抗战和民族国家无关，更不能说会令人肉麻。如果我们还没看见她要展卖底都是什么，便断定是"肉麻"，那就是侮辱她底人格，也侮辱了她底职业。

×××女士底"造像"我一幅也没见过，据说是她底戏装和电影剧装居多。我想总不会有什么肉麻的裸体像。纵然会有，也未必能引青年去"看像手淫"。张先生若是这样想，就未免太看不起近代的青年了。色欲重的人就是没有像××××××，对着任何人底像，甚至于神圣的观音菩萨，也可以手淫底。张先生你说对不对？她卖"造像"×××××××××，人们底亵行与可能的诱惑，与她所卖底照片并没关系。当知她卖自己底造像是手段，得钱献给国家是目的。假如一个女人或男人生得貌美而可以用本人底照片去换钱底话，只要有人要，未尝不可作为义展底理由。我们只能羡慕他或她得天独厚，多一道生利之门罢了。某人某人底造像卖给人做商标，卖给人做小囡模型，租给人做画稿，做雕刻模型，种种等等，在现代的国家里并没人看这些是肉麻或下贱无耻。

捧戏子，颂女优，如果意识是不干净的，当然是无聊文人底丑迹。但如彼优彼伶所期望办理的事是值得赞助底话，我们便当尊重他们，看他们和我们一样是有人格底，不能以其为优伶，便侮辱他们。我们当存君子之心，莫动小人之念，才不会失掉我们所批评底话底价值。我以为对于他人所要做底事情，如见其不可，批评是应该有的，不过要想到在这缺乏判断力底群众中间，措词不当，就很容易发生一犬吠影百犬吠声底事，于其他的事业，或者也会得到不良的影响。

谢谢二位先生费神读这封长信。我并不是为做启文底人辩护，只是对于以卖自己底照片为无耻的意思提出一点私见来。先生们若是高兴指教底话，我愿意就这事底本身，再作更详尽的客观的讨论。

许地山谨白。

危巢坠简

一 给少华

近来青年人新兴了一种崇拜英雄底习气，表现底方法是跋涉千百里去向他们献剑献旗。我觉得这种举动不但是孩子气，而且是毫无意义。我们底领袖镇日在戎马倥偬、羽檄纷沓里过生活，论理就不应当为献给他们一把废铁镀银底、中看不中用底剑，或一面铜线盘字底幡不像幡、旗不像旗底东西，来耽误他们宝贵底时间。一个青年国民固然要崇敬他底领袖，但也不必当他们是菩萨，非去朝山进香不可。表示他底诚敬底不是剑，也不是旗，乃是把他全副身心献给国家。要达到这个目的，必要先知道怎样崇敬自己。不会崇敬自己底，决不能真心崇拜他人。崇敬自己不是骄慢地表现，乃是觉得自己也有成为一个有为有用底人物底可能与希望，时时刻刻地，兢兢业业地鼓励自己，使他不会丢失掉这可能与希望。

在这里，有个青年团体最近又举代表去献剑，可是一到越南，交通已经断绝了。剑当然还存在他们的行囊里，而大众所捐底路费，据说已在异国底舞娘身上花完了。这样的青年，你说配去献什么？害中国底，就是这类不知自爱底人们哪。可怜，可怜！

二　给橄人

每日都听见你在说某某是民族英雄，某某也有资格做民族英雄，好像这是一个官衔，凡曾与外人打过一两场仗，或有过一二分勋劳底都有资格受这个徽号。我想你对于"民族英雄"底观念是错误的。曾被人一度称为民族英雄底某某，现在在此地拥着做"英雄"地时期所榨取于民众和兵士底钱财，做了资本家，开了一间工厂，驱使着许多为他底享乐而流汗底工奴。曾自诩为民族英雄底某某，在此地吸鸦片，赌轮盘，玩舞女和做种种堕落的勾当。此外，在你所推许底人物中间，还有许多是平时趾高气扬，临事一筹莫展底"民族英雄"。所以说，苍蝇也具有蜜蜂底模样，不仔细分辨不成。

魏冰叔先生说："以天地生民为心，而济以刚明通达沉深之才，方算得第一流人物。"凡是够得上做英雄底，必是第一流人物，试问亘古以来这第一流人物究竟有多少？我以为近几百年来差可配得被称为民族英雄底，只有郑成功一个人，他于刚明敏达四德具备，只惜沉深之才差一点。他底早死，或者是这个原因。其他人物最多只够得上被称为"烈士"、"伟人"、"名人"罢了。《文子·微明篇》所列底二十五等人中，连上上等底神人还够不上做民族英雄，何况其馀的？我希望你先把做成英雄底条件认识明白，然后分析民族对他底需要和他对于民族所成就底勋绩，才将这"民族英雄"底微号赠给他。

三　复成仁

来信说在变乱的世界里，人是会变畜生底。这话我可以给你一个事实的证明。小汕在乡下种地底那个哥哥，在三个月前已经变了马啦。你听见这新闻也许会骂我荒唐，以为在科学昌明底时代还有这样的怪事。但我请你忍耐看下去就明白了。

岭东底沦陷区里，许多农民都缺乏粮食，是你所知道底。即如没沦陷底地带也一样地闹起米荒来。当局整天说办平粜，向南洋华侨捐款，说起来，米也有，钱也充足，而实际上还不能解决这严重的问题，不晓得真是运输不便呢，还是另有原由呢？一般率直的农民受饥饿底迫胁总是向阻力最小、资粮最易得底地方奔投。小汕底哥哥也带了充足的盘缠，随着大众去到韩江下游底一个沦陷口岸，在一家小旅馆投宿，房钱是一天一毛，便宜得非常。可是第二天早晨，他和同行底旅客都失了踪！旅馆主人一早就提了些包袱到当铺去。回店之后，他又把自己幽闭在账房里数什么军用票。店后面，一股一股的卤肉香喷放出来。原来那里开着一家卤味铺，卖底很香的卤肉、灌肠、熏鱼之类。肉是三毛一斤，说是从营盘批出来底老马，所以便宜得特别。这样便宜的食品不久就被吃过真正马肉底顾客发现了它底气味与肉味都有点不对路，大家才同调地怀疑说：大概是来路的马罢。可不是！小汕底哥哥也到了这类的马群里去了！变乱的世界，人真是会变畜生的。

这里，我不由得有更深的感想。那使同伴在物质上变牛变马，是由于不知爱人如己，虽然可恨可怜，还不如那使自己在精神上变猪变狗底人们。他们是不知爱己如人，是最可伤可悲的。如果这样的畜人比那些被食底人畜多，那还有什么希望呢？

劳动底究竟

要问劳动底究竟在哪里，就得先问人生底究竟到底是什么？我知道些个问题因着个人不同的意见，定要发出许多相异的回答。若是照愚见，可就要抱"安乐"这两个字拿来做答案了。何以故呢？因为一切生物都是向着安静娱乐那方面迈步，遇着不得已的情形才肯冒险、奋斗和劳动。在平常的日子虽然会发生好些冒险、奋斗和劳动底事实，但是从根本研究起来还是离不了为将来的安乐底预备。人性好安乐更是不可逃底事实。我一用功念书，就有好些朋友问我："你不累吗？"我一动手工作，也就有人问我："你为什么不觉得累呢？……那是快活事吗？"问人家"累不累"是表明哀悯别人过于劳动底意思，所以说，人类生来就好安乐是定然的。写到这里，可又发生许多冲突的问题，就是："人类生来既然是好安乐，为什么亘东、西、南、北、过去、现在的人都以勤劳为道德的义务呢？为什么社会不赞美安逸和怠惰呢？"这问题是不难回答底，我们往后研究一下就可以解决了。

原来我们寄身在这微尘似的天体上面，它底自身是常动不息底。它要动身才能支持它在太空里底位置，由它底动而生底力就激刺一切的生物教它们不能不动。所以人也要动才能在这天体上面站得住。人类一方面受自然力底影响，一方面又要求自己底安乐，因此不能不想方法去调和两方面底冲突，结果就生出一种"欲逸先劳"底道德观念来。我们当然会吃，不会做人做"行尸"，也是看人在世间不适应自然的势力，像死体一般地不会动作是不成底；说到适应底话，除了用劳力去整理，去争战，可就没有别的方法了。

整理自然力，和与自然力角胜负，为底是什么呢，是想要得一个主宰底地位，想在宇宙内得着一切的享受。有享受才会有安乐，战胜一分自然力就是得着一分的享受。因此可以说劳动是得着安乐底手段。但是自然非常之大，集合人类全体劳动底气力来和它比一比，简直以扶摇风和蚊蚋底呼吸相较一般。"一劳永逸"底工作方法是骗人底说话，是教我们安于懈怠底动原。因为我们用尽九牛二虎的力量才能够在这动的天体上面取得一点享受，算来还不及那无漏的安乐底万一咧。围绕我们底安乐既然那么大，故此得它底手段也得常常用。简单说一句：自然力无限，我们底劳动也不息。

我们既以劳动为取得安乐底手段，就可以说不劳动则无安乐，也可以说劳动与安乐是相因依底。从前对于劳动底见解，以为要两手执着工具去工作才能算为劳动；就是劳动问题也是局限于制造厂底工人待遇、工资和工作时间底问题。但是现在的劳动问题扩大了，或用心力或体力去和自然界斗争底都可以算做劳动家。日日和我们接近底人——除了行尸以外——都可用"劳动家"底徽号来给他们。因为劳动家底种类不同，劳动底形式复杂，人类现在又没有通天晓地的本领，所以各人要尽自己底能量（Capacity）向各方面去发展他底工作，为底是要教人类底全体能够速速地得着几分安乐。

有人问："人类底劳动既是要得着安乐，那么，安乐是在劳动底时候能够同时得着底呢？是在劳动以后才能得着呢？或说同时可以得着安乐罢，又不大见得；若说在劳动以后才能得着罢，在个人底享受又很有限，何必苦苦地去求它呢？"我要回答说，在劳动底时间里头本来可以得着快乐，而劳动以后所得底是安心。我们要注意底不是劳动以后底安心，乃是与劳动同时发生底快乐，因为教劳动家在劳动时间内感受快乐是很要紧的，现在的人在劳动底时候没有十分大的快感底原故：是因为他们底劳动是奴隶的，不是主人的；是机械的，不是灵智的。精神，身体两方面受人支配底劳动家，用力去挣脱苦痛的束缚还怕不能支持得住，那所谓安乐底感觉自然是没有底。

机械的劳动是什么呢？好像大制造厂里头底工人，有些整天只是安螺丝钉底，有些整天只是在每块木板上钻几个窟窿底，天天是这样，月月是这样，必定会发生不耐烦底心事，见着劳动就厌恶起来。有这样的现象，纵然减少劳动底时间，增加工资，也不能鼓励他们，教他们对于所做底工夫充分的热诚和快感。

要使劳动者对于制造厂底工作发生快感是很难的。要改革制造厂底制度，教他没有分工底趋向，也是办不到底。所能做底事情，除了减少机械的劳动，增加灵智的劳动以外，没有更好的方法。灵智的劳动就是教工人在应该做底事情以外有得着发展智力底机会，借此养成他们底创造力。由创造的劳动那方面去着想，工人才能觉得他们工作愉快。因为创造是可乐的，工人对着由他们底创造力所得劳动底产物，满可以安慰他们，减少他们那种机械的劳动底痛苦。

养成工人底创造力底办法，最好是在每星期内数小时底工夫将工人应具底常识讲给他们听，教他们底头脑因此清楚一点。至于给他们有灵智的劳动底机会这一层，可以量才让他们共同管理厂内等等的事务；对于有创造力底工人可以让给他们或是借给他们应用底工具和材料，或是教他们自己组织一个灵智劳动底团体，在那里头供给一切应用底东西，就不致于侵害到厂里资财。这样办起来，劳动者必不会觉得他们底工作所有的痛苦，而且要当工作是一件快乐的事。卖力底人和买力底人冲突也可以减少了。

以上几段话是专指着制造厂底劳动家说。其余底人因为劳动底形式不同，所以对待底方法也不能一样。大概在制造厂以外底劳动者比较容易感受快乐，也不必特别地替他们打什么算盘。此外可以说底还有灵智的制造厂——学校——底劳动问题：

现在的学校——中等教育以下居多——待遇学生有些地方和旧式的制造厂待遇工人底方法差不多。即如每日底功课几乎全是用脑底，至于注意身手底发达到底是很少；纵然有，也不过是一星期有四五时底体操和手工，——体操不能算为正式的劳动——还有些地方连手工也没有底。这样多用脑力底结果也是会变成机械的劳动，至终教学生感受痛苦底。普通的学生常不喜欢兵式体操，也是因为这样的操法含有机械性的原故。所以我们要想方法去增加学生在课内课外底灵智的劳动，和减少别的不关紧要底课程，教他们对于劳力所得底出品能够快快活活地享受；如果照着这样行，一定要比那有规则的体操和形式的手工还要强得多多哪。

总之，我们对于等等劳动底见解，必要看看它做创造的，和灵智的；而劳动底自身就是得着安乐底手段，在劳动底进行时也可以得着愉快。凡没有创造和灵智的能力底劳动，须要排斥它。

　　那么，在劳动底时候虽然肉体上有时觉得不舒服，也不能因此就失掉快乐，而且会鼓励他在越困难底时候有劳动的精神。就使他自己暂时不能得安乐，也可以教他想着他底劳动是为公众的福利起见底。他看见众人得着安乐，也就把劳动底困难忘记了。

　　再结一句说：劳动底究竟是要得着安乐，而安乐又是随时伴着劳动而生底。记得番禺林伯桐先生底话："人生未必有不求乐者：以乐为乐，非知乐者也；以忧为乐，非可乐者也；乐之实在于能劳。……今夫农夫作劳，人人所知。当其耕耘，暑雨不敢避，饥渴不暇顾，其劳至矣。然计日以待其所劳劳者，未几而苗矣，而秀矣，而实矣。服田力劳，乃亦有秋则乐矣。岁晚务间，役车其休，诵蟋蟀之诗，歌瓠叶之章，则乐不可支矣。彼草之宅，禽之飧不能与良农同此乐者，由其不昏作劳耳……"（见《供冀小言，劳乐》）念这几句话，我们更可以理会劳动底究竟在一切的事情上头都是如此底。

"五一"与"五四"

"五一"是劳动运动底纪念节;"五四"是学生运动底纪念节。两个节期底历史想读者诸君都十分知道,不必记者饶舌。现在要说底就是把这两个运动底成败略略地观察一下,教我们对于将来的进行不致于陷到一个盲动的地位。

"五一"运动比"五四"运动早三十多年,它底成绩和经验自然是深远得多,但"五四"运动在这一年所得底效果也有一点可说底。因为"五一"是世界的运动,而"五四"只是邦国的,所以它们底影响有大小底分别,它们底成绩虽然除掉年龄底关系也是不一样底。我们现在只可以在它们相同的标点中间把它们经过底成败情形提一提便了。

原来这两种运动都是根于反对强权——"五一"是反经济的强权,"五四"是反对政治的强权——而生底,所以它们相同底特点就是和强权争战。工人和学生为着将来社会底福利计,就起了一种救护的悲愿;因这个悲愿,就先后起了这两种底运动。我们从形式上看,这两种运动似乎是专为反对经济和政治底偏颇而生,但从精神上看去,就知道凡是强权不合人道底事情在这两种运动里头已经有了推倒它们底潜势力。这潜势力在工人和学生底自身大半也能够觉得出来。这势力虽想是推倒强权底利器，若是把它滥用起来，就变成阻碍它们进行底魔力了。

"五一"运动和"五四"运动底强处在能够指挥人人向文化运动那条路上前进，激动一般的野心家教他们觉悟。工人和学生底言论和行为虽然在很短的时间可以收着些微的效果，而要紧的地方却在自己底经验和学识底养成，他们底运动所以失败底原故，就是在主观方面忽略了，所以现在要说底不是赞美这两个运动底强处，乃是要把里头失败底根源摘出来，教我们不要因着成功就骄慢起来，而且忘记了自己软弱底地方。

我们由这两种运动底精神看去既然有相同底标点，那么它们容易显出来底弱点也是差不多底；现在就把它们相同底弱点略略地说几样：

（1）所求过奢　要得着大报酬自然先有大牺牲才成，工人和学生所用底示威运动老是脱不了"一本万利"底思想，他们指望借着小小的游行或罢工罢课就想得着他们理想中底大利益，孰不知所求底还得不到手，而自己底损失已经多到了不得！那班经济的和政治的野心家岂能因为这个就完全退让吗？工人方面对于资本家还有连带的关系，至于学生底功课上与不上在政治上有什么影响呢？结果不过是自己少得一点学问罢了。这都是根于小牺牲要得着大报酬底奢望来底，我们决要想别的法子替代它们才好。

（2）眼光不远　工人和学生因为种种运动得着目前底胜利，就陷在一个机械动作底地步。凡事都要去干涉，都要有表示，以为等等示威运动是万能的，只要一直地做去就可以得着他们所要求底。这不是别底毛病，就是自己学问不足，眼光不远，不能应付等等的事情，只想着用从前的举动来敷衍，结果必致失败底多而成功底少。所以无论等等举动都要把眼界放宽了才成，放宽眼界底利器量好的是有学问。可见工人不求学和学生罢课于事实上底益处是很少底，它会陷我们到一个狭陋的深坑里头。

（3）乏精进心　小成功是给人家懒惰底动原。在学生这面看，自"五四"运动以来学生所做底事情在图表上除了多办几份杂志外，其余如检货，讲演，自修，等等底曲线都是向下行底。这虽然是由于外面势力底压迫，但自己底惰性也不能不负一点责任。我们不能用明显的方法去讲演，或是找工夫自修，岂能因此就放弃了吗？我们不能想好的方法来继续我们底工作，就是我们没有精进心底原故。

（4）自私心重　有好些人都是要借着群众底名义来餍足自己底欲望。所以于自己有利底就拼命地去干，若是稍微不对也不惜用工夫去破坏它。用罢课这件事情来说，主事底明知是没有结局底，然而他们却要罢课，你道是什么原故呢？大概是因为他们好些功课补不上来，或是办事办得太累，不得已就出这个下策，教大家都陪他们歇息一下。这种心地，无论如何我必要说他们是自私底。工人底罢工有时也会陷在不顾社会安宁底地步，然而他们底自私却有不得已底苦衷，至于学生，又何必呢？

我将这几层说出来，是要指明我们底运动还不能完全，非得把等等的弱点改过来才可以，盼望以后"五一"和"五四"运动底精神能够彻底地发展，决不可再用罢工罢学来表现。

"五七"纪念与人类

"五四"运动纪念底声浪刚刚过去,"五七"国耻纪念底声音又来了。这些纪念都是强权和帝国主义给我们底好礼物,我们应该时时牢记在心里底。

我们对于"五七"这一天切莫做成一种消极的和形式的纪念,也不要专想敌人底不对,因为这样一方面能够陷我们底精神于麻醉底地步,一方面会激动我们残忍、暴躁和复仇底凶德。我们要从积极的和精神的方面来纪念它,那就是,扶助自己底工商业,和鼓舞一般的人为民治的、和平的运动,教等等不合人道底主义在世界上绝迹。

我们常想着各国底国耻都是邦国的,甲国底耻就是乙国底荣,其实这意见是不对底。我想凡属羞耻底纪念都是人类的和世界的。怎样讲呢?我们试看那仗力欺人底恶徒,整天横冲直撞地闯祸,从没有见他所做底事就赞美他会欺凌人,反要怜悯他底兽性犹存,或是以与他同籍为耻,就是那恶徒底良心有时也会不安底。个人在社会上尚且如此,何况邦国呢?这样看来,甲国欺凌乙国不是甲乙二国底荣辱关系,乃是全世界底关系。进一步说,欺凌者底自身也要陷于羞耻底地步，因为今日的国家既要挂"文明"底招牌，自当服从世界的公义底仲裁，断不能再像野蛮的军国时代以诡谋或武力来待遇他国；若是用诡谋或武力来待遇他国，必不配称为文明的国家，所以说欺凌者底自身也不能免掉羞耻。

"五七"底纪念从这里想，就知道我们所受底委曲和羞辱不是我们自己底，不过是在人类共受底羞辱中间，我们多受几分便了。我们不必为这个日子啼哭忧伤。应当把人道在昏睡之中摇醒，叫它起来将一切的耻厚灭掉。我们能够这样做，虽然是蒙羞，还是有福底。我们暂且把一切人类底羞耻负在背上罢！不要忘记了它们是我们底重荷。人类啊！把你们底羞耻暂时负起来，不要忘记了它们是催促世界进化底奋兴剂。

造成伟大民族底条件

——对北京大学学生讲

有一天，我到天桥去，看那班"活广告"在那里夸赞自己的货色。最感动我底是有一家剃刀铺底徒弟在嚷着"你瞧，你瞧，这是真钢！常言道：要买真钢一条线，不买废铁一大片"。真钢一条线强过废铁一大片，这话使我连想到民族底问题。民族底伟大与渺小是在质，而不在量。人多，若都像废铁，打也打不得，铸也铸不得，不成材，不成器，那有什么用呢？反之，人少，哪怕个个像一线底钢丝，分有分底用处，合有合的用处。但是真钢和废铁在本质上本来没有多少区别，真钢若不磨砺锻炼也可以变为废铁。废铁若经过改造也可以变为真钢。若是连一点也炼不出来，那只可称为锈，连名叫废铁也有点够不上。一个民族底存在，也像铁一样，不怕锈，只怕锈到底。锈到底的民族是没有希望底。可是要怎样才能使一个民族底铁不锈，或者进一步说，怎能使它永远有用，永远犀利呢？民族底存在，也像"逆水行舟，不进则退"，退到极点，便是灭亡。所以这是个民族生存底问题。

民族，可以分为两种，就是自然民族与文化民族。自然民族是"不识不知，顺帝之则"底。这种民族像蕴藏在矿床里底自然铁，无所谓成钢，也无所谓生锈。若不与外界接触，也许可以永远保存着原形。文化民族是离开矿床底铁，和族外有不断的交通。在这种情形底下，可以走向两条极端的道路。若是能够依民族自己的生活的理想与经验来保持他底生命，又能采取他民族底长处来改进他底生活，那就是有作为，能向上的。这样的民族底特点是自觉的，自给的，自卫的。若不这样，一与他民族接触，便把自己的一切毁灭掉，忘掉自己，轻侮自己，结果便会走到灭亡底命运。我们知道自古到今，可以够得上称为文化民族底有十个。

第一，苏摩亚甲民族（Sumerian Akkadian）。这民族文化发展底最高点是从西纪前三二00年到一八00年。

第二，埃及民族（Egyptian）。发展底顶点是从西纪前二八00年到一二00年。

第三，赫代亚述民族（Hittite - Assyrian）。起自小亚细亚中部，最后造成大利乌王（Darius）底伊兰帝国。发展底顶点是从西纪前一八00年到八00年。

第四，中华民族。发展底顶点是从周到汉，就是西纪前一一二六年到西纪二二0年。

第五，印度民族。发展的时代也和中华民族差不多，但是降落得早一点。

第六，希拉罗马民族。这两民族文化是一线相连底，所以可以当做一个文化集团看。发展底顶点是从西纪前约一二00年起于爱琴海岸直到罗马帝国底末运，西纪二九五年。

第七，犹太天方民族。这民族底文化从西纪前六00年起于犹太直到回教建立以后几百年间。

第八，摩耶民族（Maya）。发生于美洲中部，时间或者在西纪前六00年，到新大陆被发现后，西班牙人把这民族和文化一齐毁灭掉。

第九，西欧民族。包括日耳曼，高卢，盎格鲁撒逊诸民族。发展底顶点从西纪九00年直到现在。

第十，史拉夫民族。这民族底文化以俄罗斯为主，产生于欧战后，时间离现在太近，还不能定出发展底倾向来。

我们看这十个文化民族，有些已经消灭，有些正在衰落，有些在苟延残喘，有些还可以勉强支持，有些正在发生。在这十个民族以外，当然还有文化民族，像日本民族，斯干地那维安民族，北美民族，等都是。但严格地说起来，维新以前底日本文化不过是中华文化底附庸，维新后又是属于西欧的。所以大和的文化或者还在孕育的时期罢。同样，北美和北欧底民族也是承受西欧底统系，还没有建立为特殊的文化。美利坚虽然也在创造新文化底行程上走，但时间仍是太短，未能如史拉夫民族那么积极和显明。此地并不是要讨论谁是文化民族和谁不是，只是要指出所举底民族文化发荣时期好像都在一千几百年间，他们底兴衰好像都有一定的条件。若合乎兴盛底条件，那民族便可以保存，不然，便渐次趋到衰灭。所以一种文化能被维持得越久长，传播越广远就够得上称为伟大。伟大的和优越的文化存在于伟大的民族中间。所谓伟大是能够包容一切美善的事物底意思，所谓优越是凡事有进步，不落后底意思。包容底范围有广狭，进步底程度有迟速，在这里，文化民族间底优劣就显出来了。进步得慢，包容得狭，还可以维持，怕底不能够容而且事事停顿。停顿就是退步，就容易被高文化底民族，甚至于野蛮民族所征服。然则要怎样才能使文化不停顿呢？不停顿的文化是造成伟大民族的要素。所以我们可以换一句话来问，要具什么条件才能造成伟大的民族？现在且分列在下面。

一　凡伟大的民族必拥有永久性底典籍和艺术

典籍与艺术是连续文化底线。线有脆韧，这两样也有久暂。所谓永久性是说在一个民族里，从他的世界观与人生观所产出底典籍多寓"恒久之至道，不刊之鸿教"（《文心雕龙·宗经》）；艺术作品在无论在什么时代都能"奋至德之光，动四气之和，以著万物之理"，乃至能使人间"耳目聪明，血气和平，移风易俗，天下皆宁"（《礼记·乐记》）。典籍和艺术虽然本身含有永久性，也得依赖民族自己底信仰，了解，和爱护才能留存。古往今来，多少民族丢了他们宝贵的文化产品，都由于不知爱惜，轻易舍弃。我们知道一个民族底礼教和风俗是从自有的典籍和艺术底田地发育而成底。外来的理想和信仰只可当做辅成的材料，切不可轻易地舍己随人。民族灭亡底一个内因，是先舍弃自己的典籍和艺术，由此，自己的礼俗也随着丧失。这样一代一代自行摧残，民族的特性与特色也逐渐消灭，至终连自己底生存也陷入危险的境地，所以永久性是相对的，一个民族当先有民族意识然后能保持他底文化的遗产。

二　凡伟大的民族必不断地有重要的发明与发见

学者每说"须要是发明之母"，但是人间也有很须要而发明不出来底事实。好像汽力和电力，飞天和遁地底器具，在各民族间不能说没须要。汽力和电力所以代身体的劳力，既然会用牛马，便知人有寻求代劳事物底须要，但人间有了很久的生活经验，却不会很早地梦想到利用它们。飞天和遁地底玄想早已存在，却要到晚近才实现。可见在须要之外，应当还有别的条件。我权且说这是"求知欲"与"求全欲"。人对于宇宙间底物与则当先有欲知底意志；由知而后求透澈的理解，由理解而后求完全的利用。要如此发明与发见才可以办到。凡能利用物与则去创物，既创成又能时刻改进，到完美地步都是求知与求全底欲望所驱使底。中华民族底发明与发见能力并不微弱，只是短少了求全底欲望，因此对于所创底物，所说底物，每每为盲目的自满自足。一样物品或一条道理被知道以后，再也没有进前往深追究底人。乃至凡有所说，都是推磨式的，转来转去，还是回到原来那一点上。血液循环底原理在中国早已被发见，但"运行血气"底看法于医学上和解剖学上没有多少贡献。木鸢飞天和飞车行空底事情，自古有其说，最多只能被认为世界最初会放风筝底民族，我们却没有发展到飞机底制造。木牛流马没有发展到铁轨车，火药没用来开山疏河，种种等等，并非不须要，乃因想不到。想不到便是求知与求全底欲望不具备底结果。想不到便是不能继续地发明与发见底原因。

然则，要怎样才能想得到呢？现代的发现与发明，我想是多用手的原故。人之所以为人，能用手是主要的条件之一。由手与脑连络便产生实际的知识。古代文明与现代文明底区分，只是偏重脑与偏重手底关系。古人以手作为贱役，所以说劳力者是役于人底。他们所注重底是思想，偏重于为人间立法立道，使人有文有礼，故此哲学文学艺术都有相当的成就。现代人不以手作劳动为贱役，他们一面用手，一面用心，心手相应底结果便产出纯正的科学。不用手去着实做，只用脑来空想，绝不会产生近代的科学。没有科学，发明与发见也就难有了。我们可以说旧文化是属于劳心不劳力底有闲者所产，而新文化是属心手俱劳底劳动者底。而在两者当中，偶一不慎便会落到一个也不忙，也不闲，庸庸碌碌，浑浑沌沌底窠臼里。在这样的境地里，人做什么他便跟着做什么；人说什么他便随着说什么。我们没有好名称送给这样的民族文化，只可说是"嘴唇文化"，"傀儡文化"，或"鹦鹉禅的文化"。有这样文化底民族，虽然可以享受别人所创底事物，归到根柢，他便会萎靡不振，乃至于灭亡，岂但弱小而已！

三 凡伟大的民族必具有充足的能力足以自卫卫人

一个伟大的民族是强健的，威武的。为维持正义与和平当具有充足的能力。民族底能力最浅显而具体的是武备，所以说，"兵者，国之大事，死生之地，存亡之道，不可不察也。"（《孙子·始计》）伟大民族底武备并不是率禽兽食人或损人肥己底设施。吴起说兵底名有五种："一曰义兵，二曰强兵，三曰刚兵，四曰暴兵，五曰逆兵。禁暴救乱曰义；恃众以伐曰强；因怒兴师曰刚；弃礼贪利曰暴；国乱人疲，举事动众曰逆。"（《吴子·图国》）战争是人类还没离禽兽生活底行为，但在距离大同时代这样道阻且长的情形底下，人不能不戒备，所以兵是不可少的。禁暴救乱是伟大民族底义务。他不能容忍人类受任何非理的摧残，无论族内族外，对于刚强暴逆诸兵，不恤舍弃自己去救护。要达到这个地步，民族自己的修养是不可缺乏底。他要先能了解自己，教训自己，使自己底立脚处稳固，明白自己所负底责任，知道排难解纷并不是由于恚怒和贪欲，乃是为正义上的利人利己。我们可以借佛家底教训来说明自护护他底意义。"若自护者，即是护他；若护他者，便成自护。云何自护即是护他？自能修习。

多修习故，有所证悟。由斯自护，即是护他。云何护他便成自护？不恼不恚，无怨害心，常起慈悲，愍念于物。是名护他变成自护。"(《有部毗奈耶下十八》) 能具有这种精神才配有武备。兵可以为义战而备，但不一定要战，能够按兵不动，用道理来折服人，乃是最高的理想。孙子说："百战百胜，非善之善者也；不战而屈人之兵，善之善也。"(《谋攻》) 这话可以重新地解说。我们生在这有武力才能讲道义底时代，更当建立较高的理想，但要能够自护才可以进前做。如果自己失掉卫护自己底能力那就完了。摩耶民族底文化被人毁灭，未必是因为当时底欧洲人底道德高尚或理想优越，主要原因还是自卫底能力低微罢了。

四　凡伟大的民族须有多量的生活必须品

物质生活是生物绝对的需要。所以天产底丰敛，与民族生产力底强弱，也是决定民族命运底权衡。我们可以说凡伟大的民族都是自给的，不但自给，并且可以供给别人。反过来说，如果事事物物仰给于人，那民族就像笼中鸟，池里鱼，连生命都受统制，还配讲什么伟大？假如天赐底土地不十分肥沃，能进取底民族必要用心手去创造，不达到补天开物底功效不肯罢休。就拿粮食来说罢，"民以食为天"，没得粮食是变乱和战争底一个根源。若是粮食不足，老向外族求籴，那是最危险不过底事。正当的办法是尽地力，尽天工，尽人事。能使土地生产量增加是尽地力。能发见和改善无用的植物使它们成为农作物是尽天工。能在工厂里用方法使一块粘土在很短的期间变成像面粉一样可以吃得底东西是尽人事。中华古代底社会政策在物质生活方面最主要的是足食主义。"国无九年之蓄曰不足；无六年之蓄曰急；无三年之蓄曰国非其国也。"(《礼记·王制》)无三年之蓄即不能成国，何况连一日之蓄都没有呢？在理想上，应有九年之蓄，然后可以将生产品去供给别人，不然，便会陷入困难的境地，民族底发展力也就减少了。

五 凡伟大的民族必有生活向上底正当理想，不耽于物质的享受

物质生活虽然重要，但不能无节制地享用。沉湎于物质享受底民族是不会有高尚的理想底。一衣一食，只求其充足和有益，爱惜物力，守护性情，深思远虑，才能体会他和宇宙的关系。人类底命运是被限定的，但在这被限定底范围里当有向上底意志。所谓向上是求全知全能底意向，能否得到且不管它，只是人应当努力去追求。为有利于人群，而不教自己或他人堕落与颓废底物质享受是可以有底。我们也可说伟大的民族没有无益的嗜好，时时能以天地之心为心。古人所谓"明明德，止至善"，便是这个意思。我信人可以做到与天同体，与地合德底地步，那只会享受不乐思惟底民族对于这事却不配梦想。

六 凡伟大的民族必能保持人生底康乐

人生底目的在人人能够得到安居乐业。人对于他底事业有兴趣才会进步。强迫的劳作或为衣食而生活是民族还没达到伟大的境地以前所有底事情。所谓康乐并不是感官的愉快，乃是性情底满足，由勤劳而感到生活底兴趣。能这样才是真幸福。在这样的社会里，虽然免不了情感上的与理智上的痛苦，而体质上的缺陷

却很少见。到这境地人们底情感丰富，理智清晰，生无贪求，死无怨怼，他们没有像池边底鹭鸶或街旁底瘦狗那样底生活。

以上六条便是造成伟大民族底条件。现存的民族能够全备这些条件底，恐怕还没有。可是这理想已经存在各文化民族意识里，所以应有具备底一天。我们也不能落后，应当常存着像《礼记·杂记》中所记底"三患"和"五耻"底心，使我们底文化不致失坠。更应当从精神上与体质上求健全，并且要用犀利的眼，警觉的心去提防克服别人所给底障碍。如果你觉得受人欺负而一时没力量做什么，便大声疾呼要"卧薪尝胆"，你得提防敌人也会在你所卧底薪上放火，在所尝底胆里下毒药。所以要达到伟大底地步，先得时刻警醒，不要把精力闲用掉，那就有希望了。

冰森对我说这稿曾有笔记稿寄到报馆去，因为详略失当，错漏多有，要我自己重写出来。写完之后，自己也觉得没有新的见解，惭愧得很，请读者当随感录看吧。

作者附记

英雄造时势与时势造英雄

在危急存亡的关头容易教人想到英雄，所以因大风而思猛士不独是刘邦一个人底情绪，在任何时代都是有底。我们底民族处在今日的危机上，希望英雄底出现比往昔更为迫切。但是"英雄"这两个字底意义自来就没有很明确的解释，因此发生这篇论文所标底问题——到底英雄是时势造底呢？还是时势是英雄造底呢？"英雄"这两个字底真义须要详细地分析才能得到。固然我们不以一个能为路边底少女把宝饰从贼人底手里夺回来底人为英雄，可是连这样的小事都不能做底有时候也会受人崇拜。在这里，我们不能不对于英雄底意义画出一个范围来。

古代的英雄在死后没有不受人间底俎豆，崇拜他们为神圣底。照《礼记·祭法》底规定，有被崇拜底资格底不外是五种。第一是"法施于民"底，第二是"以死勤事"底，第三是"以劳定国"底，第四是"能御大灾"底，第五是"能捍大患"底。法施于民是件使民有所，能依着他所给底方法去发展生活，像后稷能殖百谷，后土能平九州，后世底人崇祀他们为圣人。（所谓圣人实际也是英雄底别名。）以死勤事是能够尽他底责任到死不放手，像舜死在苍梧之野，鲧死于洪水，也是后世所崇仰底圣人。以劳定国是能以劳力在国家危难底时候使它回复到平安底状态，像黄帝，禹汤底功业一样。御大灾，捍大患，是对于天灾人患能够用方法抵御，使人民得到平安。这些是我们底祖先崇拜英雄底标准。大体说起来，以死勤事，是含有消极性底，以劳定国，能御大灾，捍大患，也许能用自己底智能，他们是介在消极与积极中间底。惟有法施于民底才是真正的圣人，他必需具有超人的智能才成。

看来，我们可以有两种英雄：一是消极的。二是积极的。消极的英雄只是保持已成的现状，使人民过平安的日子，教他们不受天灾人患底伤害，能够在不得已的时候牺牲自己的一切。积极的英雄是能为人群发明或发现新事和新法度，使他们能在停滞的生活中得到进步，在痛苦的生活中减少痛苦，换一句话，就是，他能改造世界和增进人间的幸福。今日一般人心目中底英雄多半不是属于第二类，并且是属于第一类中很狭窄的一种，就是说，只有那为保护人民不惜生命底战士才被称为英雄。这种英雄不一定能造时势，甚或为时势所造。因为这类底英雄非先有一个时势排在他面前，不能显出他底本领，所以时势底分量比英雄本身来得重些。反过来说，积极的英雄并不等到人间生活发生什么障碍，才把他制造出来。人们看不到底痛苦，他先看到，人们还没遇到困难，他先想象出来。他在人们安于现成生活底时候他们创制新生活，使他们向上发展。也许时势造出来底英雄也能达到这个目的，但是可能性很小。

真英雄必定是造时势者。时势被他造得成与不成，于他底英雄本色并无妨碍，事底成败不足为英雄底准度。通常的见解每以为成功者便是英雄，那是不确的。成功或由于机会好。"河无大鱼，小虾称王"，在一个没有特出人才底时境，有小本领便可做大事。这也是时势所造底一种英雄。还有些是偶然的成功，作者本身也梦想不到他会有那么样底成就。他对于自己的事业并没有明了的认识，也没有把握，甚至本来是要保守，到头来却变成革命，因为一般的倾向所归，他也乐得随从。这也是时势所造底一种英雄。还有些是剥削或榨取他人底智力或体力来制造自己的势力和地位。他的成功与受崇敬完全站在欺骗和剥削底黑幕前面。有时自己做不够，还要自己底家人亲戚来帮他做，揽到国家大权，便任用私人，培植爪牙。可怜的是浑浑沌沌的群众不会裁制他，并不是他真有英雄底本领。这也是时势所造底一种英雄。

我们细细地把历史读一遍，便觉得时势所造底英雄比造时势底英雄更多。这中间有一条很大的道理。我们姑且当造时势底英雄是人间所需求底真英雄，而这种英雄本是天生的。真英雄是超人，但假英雄或拟英雄也许是中人以下底"下人"（Underman）。所谓假英雄是指那班偶然得到意外的成功底投机家而言。所谓拟英雄是指那班被时势所驱遣，迫得去做轰轰烈烈的事业底苦干者而言。所谓下人是对于超人而言。他的智力与体质甚至不及中人。在世间里，中人都很少，超人更谈不上，等到黄河清也不定等得到一个出现。人间最可怜悯的是下人太多，尤其是从下人中产生出来底英雄比较多。这类的英雄若是过多，就于国族有害。怎么讲呢？因为他们没有中人底智力而作超人底权威，自我的意识太重，每持着群众的生命财产智能是为他们底光荣和地位而有底态度。这样损多数人以利少数人底情形便是封建制度。英雄与封建制度本来有密切的关系，但这里应当分别底是古代的封建英雄于其同时底一般群众中确实具有超人的能力，而现代的封建英雄只是靠机缘。哪怕他是乳臭未除，只要家里有人掌大权，他便是了不得的人物。哪怕他智能低劣，只要能够联络权要，他便是群众底领袖。他底方法是利用新闻和金钱来替他鼓吹，甚至神化一个过去的人物来做他底面具。一个人生时碌碌无奇，死后或者会被人当做"民族英雄"来崇拜，其原因多半在此。这类神化的民族英雄实际等于下劣民族底咒物。今日全世界人类底智力平均起来恐怕不及高等小学底程度，所以凡有高一点的知识而敢有所作为底都有做领袖或独裁者底可能。不过这并不是群众底福利。我们讲英雄底事业应当以全世界民众底福利为对象，损人利己固不足道，乃至用发展自己民族底口号去掠夺他民族底土地底也不能算是英雄。今日世界时局底困难多半由于这类的英雄所造成。如果我们缩小范围来讲一下我们底英雄，我们也会觉得有许多是下人中所产出的。他们底要求是金钱与名誉。金钱可以使他们左右时势，若说他们是造时势底英雄，其原动力只是这样，并非智能。名誉使他们享受群众底信仰，欺骗到万古流芳底虚荣。他们底要求既是如此低下，无怪他们只会把持武力，操纵金融，结党营私，持权逐利，毁群众底福利来增益自己。他们只会享受和浪费，并无何等远虑，以善巧方便得到金钱名誉之后，便走到海外去做寓公，将后半生事业付与第二帮民贼。

我们讲到假英雄之多，便想到在人群中是否个个有做英雄底可能。现在人间还是在一个不平等的情况底下过日子。不但是人所享受底不平等，最根本的是智力与体力底差异太甚。英雄是天生吗？不。英雄是依赖先天的遗传与后天的训练所造成底。英雄是有种的。我们应当从优生学的原理研求人种底改善，凡是智力不完，体质有亏的父母都不许他们传后代。反之，要鼓励身心健全的男女多从事于第二代民众底生育。这样，真英雄底体质与理智底基础先打稳固，造成英雄底可能性便多。否则生来生去，只靠"碰彩"，于人间将来的改进是毫无把握底。第二步还要使社会重视生育，好种底男女一生下来当要特意看护他们，注意训练他们，使他们底身心得以均衡地发展。现在已有科学家注意到食物与体质性格与寿命底关系，可是最重要的还是选种，否则用科学方法来培养下人，延长他们底生命，使他们剥削群众底时间更长，那就不好了。

真英雄是不受时势所左右底。因为他是一个"形全于外，心全于中"底人，他底主见真而正，他底毅力恒而坚。他能时时检察自己，看出自己底弱点，而谋所以改善底步骤。事业底成败不是他所计较底，惟有正义与向上是要紧的。今日我们所渴望底是这样的英雄。我们对于强敌底侵略，所希望底抗敌英雄也要属于这一类底人物。战争在假英雄底眼光里是赌博底一种，但在真英雄底心目中，这事是正义底保障。为正义而战，虽不胜也应当做，毫无可疑的。

最后，我们还是希望造时势底英雄出现，惟有他才能拯民众于水火之中。等到人人底智力能够约束自己与发展自己，人间真正平等出现底时候，我们才不需要英雄。英雄本是蛮社会遗下底名目，在智能平均与普遍发展像蜂蚁底社会可以说个个都是英雄，因为其中没有一个不能自卫，没有一个不能为群众牺牲自己。所以我想无论个个人达到身心健全，能利益群众底时代是全英雄时代，也是无英雄时代。

这篇是去冬在广州岭南大学底演讲稿，没工夫多写，未能详尽地发挥，抱歉之至。

"七七" 感言

　　欧洲有些自然科学家，以为战争是大自然底镰刀，用来修削人类中底枯枝败叶底。我不知道这话底真实程度有多高，我所知底是在人类还未达到"真人类"底阶段，战争是不能避免底。这所谓"真人类"，并非古生物学的，而是文化的。文化的真人是与物无贪求，于人无争持底。因为生物的人还没进化到文化的人，所以他底行为，有时还离不开畜道。在畜道上才有战争，在人道与畜道相遇时也有战争。畜生们为争一只腐鼠，也可以互相残啮到膏滴血流，同样地，它们也可以侵犯人。它们是不可以理喻底。在人道底立脚点上说，凡用非理的暴力来侵害他人底，如理论道绝底期候，当以暴力去制止它，使畜道不能在光天化日之下猖獗起来。

　　说了一大套好像不着边际底话，作者到底是何所感而言呢！他觉得许多动物虽名为人，而具有牛头马面狼心狗肺底太多，严格说起来还不能算是人，因此连想到畜道在人间底传染。童话里底"熊人"，"虎姑"，"狐狸精"，不过是"畜人"。至于"人狼"，"人狗"，"人猫"，"人马"，这简直是"人畜"。这两周年底御日工作也许会成将来很好的童话资料，我们理会暴日虽戴着"王道"底面具，在表演时却具足了畜道底特征。我们不可不知在我们中间也有许多堕在畜道上。此中最多的是"狗"和"猫"。我们中间底"人狗"、"人猫"，最可恶的有吠家狗引盗狗，饕餮猫与懒惰猫。两年间的御日工作可以说对得人住，对得祖宗天地住。但是对于打狗轰猫这种清理家内底工作却令人有点不满意。

在御×工作吃紧底期间，忽然从最神圣的中枢里发出类乎向×乞怜底猎声，或不站在自己底岗位，而去指东摘西底，是吠家狗。甘心引狼入宅，吞噬家人底是引盗狗。我们若看见海港里运来一切御×时期所不需底货物，尤其是从"××船"来底，与大批的原料运到东洋大海去，便知道那是不顾群众利益，只求个人富裕底饕餮猫底所行。用公款做投机事业，对于国家购入底品物抽取回扣，或以劣替优，以贱充贵，也是饕餮猫底行径。具有特殊才干，在国家需要他底时候，却闭着眼，抚着耳，远远地躲在安全地带，那就是懒惰猫。这些人狗，人猫，多如牛毛，我们若不把它们除掉就不能脱离畜道在家里横行，虽有英勇的国士在疆场上与狼奋斗着，也不能令人不起功微事繁底感想。所以我们要加紧做打狗轰猫底工作。

又有些人以为民众知识缺乏，所以很容易变成迷途的羔羊，而为猫狗甚至为狼所利用。可是知识是不能绝对克服意志底，我们所怕底是意志薄弱易陷于悲观底迷途的牧者。在危难期间，没有迷途的羔羊，有底是迷途的牧者。我底意思不是鼓励舍弃知识，乃是要指出意志要放在知识之上，无论成败如何，当以正义底扶持为准绳，以人道底出现为极则。人人应成为超越的男女，而非卑劣的羔羊。人人在力量上能自救，在知识上能自存，在意志上能自决，然后配称为轩辕底子孙。这样我们还得做许多积极工作。一方面要摧毁败群的猫狗，一方面要扶植有为的男女，使他们成为优越的人类，非得如此，不能自卫，也不能救人，不配自卫，也不配救人。所以此后我们一部分的精神应贯注在整理内部，使我们底威力更加充实。那么，就使那些比狼百倍厉害底野兽来侵犯我们，我们也可以应付得来。为人道努力底人们，我们应当在各方面加紧工作，才不辜负两年来为这共同理想而牺牲底将士和民众。

今　天

　　陈眉公先生曾说过，"天地有一大帐簿：古史，旧帐簿也；今史，新帐簿也。"他底历史帐簿观，我觉得很有见解。记帐底目的不但是为审察过去的盈亏来指示将来的行止，并且要清理未了底帐。在我们底"新帐簿"里头，被该底帐实在是太多了。血帐是页页都有，而最大的一笔是从三年前底七月七日起到现在被掠去底生命，财产，土地，难以计算。我们要擦掉这笔帐还得用血，用铁，用坚定的意志来抗战到底。要达到这目的，不能不仗着我们底"经理们"与他们手下底伙计底坚定意志，超越智慧，与我们股东底充足的知识，技术，和等等底物质供给。再进一步，当要把各部分底机构组织到更严密，更有高度的效率。

　　"文官不爱钱，武将不惜死"底名言是我们听熟了底。自军兴以来，我们底武士已经表现他们不惜生命以卫国底大牺牲与大忠勇的精神。但我们文官底中间，尤其是掌理财政底一部分人，还不能全然走到"不爱钱"底阶段，甚至有不爱国币而爱美金的。这个，许多人以为是政治还不上轨道底现象，但我们仍要认清这是许多官人底道德败坏，学问低劣，临事苟办，临财苟取底结果。要擦掉这笔"七七"底血帐，非得把这样的坏伙计先行革降不可。不但如此，在这抵抗侵略底圣战期间，不爱钱，不惜死之上还要加上勤快和谨慎。我们不但不爱钱，并且要勤快办事；不但不惜死，并且要谨慎作战。那么，日人底凶焰虽然高到万丈，当会到了被扑灭底一天。

在知识与技术底供献方面，几年来不能说是没有，尤其是在生产底技术方面，我们的科学家已经有了许多发明与发现（请参看卓芬先生底近年生产技术的改进。香港《大公报》二十九年七月五日特论）。我们希望当局供给他们些安定的实验所和充足的资料，因为物力财力是国家底命脉所寄，没有这些生命素，什么都谈不到。意志力是寄托在理智力上头底。这年头还有许多意志力薄弱的叛徒与国贼民贼底原因，我想就是由于理智底低劣。理智低劣底人，没有科学知识，没有深邃见解，没有清晰理想，所以会颓废，会投机，会生起无须要的悲观。这类底人对于任何事情都用赌博底态度来对付。遍国中这类赌博底人当不在少数。抗战如果胜利，在他们看来，不过是运气好，并非我们底能力争取得来底。这样，哪里成呢？所以我们要消灭这种对于神圣抗战底赌博精神。知识与理想底栽培当然是我们动笔管底人们底本分。有科学知识当然不会迷信占卜扶乩，看相算命一类的事，赌博精神当然就会消灭了。迷信是削弱民族意志力底毒刃，我们从今日起，要立志扫除它。

物质的浪费是削弱民族威力底第二把恶斧。我们都知道我们是用外货底国家，但我们都忽略了怎样减少滥用与浪费底方法。国民底日用饮食，应该以"非不得已不用外物"为宗旨。烟酒脂粉等等消耗，谋国者固然应该设法制止，而在国民个人也须减到最低限度。大家还要做成一种群众意见，使浪费者受着被人鄙弃底不安。这样，我们每天便能在无形中节省了许多有用的物资，来做抗建底用处。

我们很满意在这过去的三年间，我们底精神并没曾被人击毁，反而增加更坚定的信念，以为民治主义底卫护，是我们正在与世界底民主国家共同肩负着底重任。我们底命运固然与欧美的民主国家有密切的联系，但我们底抗建还是我们自己的，稍存依赖底心，也许就会摔到万丈底黑崖底下。破坏秩序者不配说建设新秩序。新秩序是能保卫原有的好秩序者底职责。站在盲目蛮力所建底盟坛上底自封自奉的民主，除掉自己仆下来，盟坛被拆掉以外，没有第二条路可走，因为那盟坛是用不整齐，没秩序和腐败的砖土所砌成底。我们若要注销这笔"七七"底血帐，须常联合世界的民主工匠来毁灭这违理背义的盟坛。一方面还要加倍努力于发展能力底各部门，使自己能够达到长期自给、威力累增底地步。

祝自第四个"七七"以后的层叠胜利，希望这笔血帐不久会从我们底新帐簿擦除掉。

谈《菜根谭》

　　《大公晚报》近日连刊一部旧书名叫《菜根谭》。这部书对于个人的修养上很有益处。在十四岁的时候，我第一次读它，到现在还有好些教训盘据在心中。我最初读的是一部日本人著的《菜根谭通解》，当时虽不全看得懂，却也了解了不少。

　　这书是明朝万历年间的洪应明所著的。应明字自诚，号还初道人，家世事业，无传可稽。他的著作现存的有《仙佛奇踪》四卷和《菜根谭》二卷。《仙佛奇踪》，《四库全书》收入小说家类，前二卷记仙事，后二卷记佛事，可知作者是个精研佛道的人。这书与《菜根谭》一卷同被收入民国十六年涉园排归的《喜咏轩丛书》戊编里。《菜根谭》的刊本很多，内容也有增减。道光十三年北京红螺山资福寺翻刻乾隆三十三年岫云寺本，名《重刻增订菜根谭》分为五篇：修省四十二章，应酬五十八章，评议五十二章，"闲适"五十章，"概论"二百零三章，共四百零五章。光绪二年刊本分为前后集二卷，前集说处世要诀，二百四十章，后集示守静修德的要谛，一百三十四章。全书共三百五十八章。各刊本的章数颇有加减，我所见最多的是岫云寺本。

　　《菜根谭》的命名是取宋汪革所说"能咬得菜根断，则百事可做"的语意。全书咀嚼儒释道三教的要旨，教人以处世与自处的方法。论它的性质是格言；论它的谈吐是从晋代的清谈演变出来的。自诚能把三教教理融溶在一起，读起来感觉得作者的文章的超脱而有风韵。全书用押韵与对类写成，辞句的秀丽，意义的幽奥，真可以令人一诵一击节，一读一深思。不过里头有些是消极的格言与闲人的哲学，很不适于向上思想的。"评议"第二十章："廉官多无后，以其太清也。痴人每多福，以其近厚也。故君子虽重廉介，不可无含垢纳污之雅量；虽戒痴顽，亦不必有察渊洗埃之精明。"应酬第三十八章："'随缘'便是遣缘，似舞蝶与飞花共适。顺事自然无事，若满月偕盂水同圆。""闲适"第二章："世事如棋局，不着的才是高手。人生似瓦盆，打破了方见真空。"第五十章："夜眠八尺，日啖二升，何须百般计较？书读五车，才分八斗，未闻一日清闲。"诸如此类的文句很多，读过了很易令人发起消极的反感，所以我主张选载比较全刊好些。

青年节对青年讲话

在二十二年前底今日也是个星期日，我还在燕京大学读书。当日在天安门聚齐，怎样向东交民巷交涉，怎样到栖凤楼去，到现在还很明显地一桩一件出现在我底回忆里。不过今天我没工夫对诸位细说当日底情形与个人底遭遇，所要说底只是"五四"运动底意义，与今后我们青年人所当努力底事情。大学生对于社会与政治底关心，是我们自古以来底传统理想，因为求学目的是在将来能为国家服务，同时也是训练各人对于目前的政治与社会问题底态度与解答。当国家在危难时期，尤其需要青年对于种种问题，与实况有深切的了解与认识。他们得到刺激之后，更能为国认真向学，与努力做人。我们常感觉到年长的执政们，有时候脑筋会迟钝一点，对于当前问题底感觉未必会像青年人那么敏锐，又因为他们底生活安定了，虽然经验与理智告诉他们应当怎样做，他们却不肯照所知所见，与所当走底路途去做去行。因此，青年人底政治意见底表示，就很可以刺激他们，使他们详加考虑和审慎地决断。"五四"运动底意义是在这点上头，不幸事件底发生，不过是偶然的。若以打人烧屋来赞扬"五四"运动当日底学生，那就是太低看了那次底学生行为了。

"五四"运动底光荣是过去了。好汉不说当年勇，我们有为的青年应当努力于现在与将来，使中国能够发展成为一个近代的国家。我每觉得我们国民底感觉太迟钝，做事固然追不上时间，思想更不用说，在教育界中间甚至有些人一点思想，一毫思想都没有。教书底人没有教育良心，读书底人没有学习毅力，互相敷衍，互相标榜，互相欺骗。当日"五四"底学生，今日有许多已是操纵国运底要人，试问他们有了什么成绩，有许多人甚且回到科举时代底习尚，以为读书人便当会做诗，写字，绘画，不但自己这样做，并且鼓励学生跟着他们将有用的时间，费在无用或难以成功底事情上。他们盲目地鼓吹保存国粹，发展中国固有文化，不知道他们所保存底只是国渣滓而已。试拿保存中国文字一件事来说，我如果不认定文字不过是传达思想底工具，就会看它为民族底神圣遗物，永远不敢改变它，甚至会做出错误的推理说，有中国文字然后有中国文化，但是我们要知道中国文字并未发展到科学化的阶段便停止了。生于现代而用原始的工具，无论如何是有害无利的。现代的文明是速度的文明，人家底进步一日万里，我们还在抱残守阙，无论如何，是会落后的。中国文字不改革，民族底进步便无希望。这是我敢断言底。我敢再进一步说，推行注音字母还不够，非得改用拼音字不可。现在许多青年导师，不但不主张改革中国文字，反而提倡书法，以为中国字特别具有艺术价值，值得提倡。说这样话底人们，大概没到过欧美图书馆去看看中古时代，僧侣们写底圣经和其他稿本。写的文字形式一样可以令人发生美感。古人闲得很，可以多用工夫消磨在写字上。现代人若将时间这样浪费，那就不应当了。文字形式底美，与其他器具，如椅桌等底一样，它底美底价值与纯艺术，如绘画雕刻等不同，因为它主要目的在用而不在欣赏。我们要将用来变成欣赏也未尝不可，甚至欣赏到无用而有害的东西，如吸烟，打麻啡之类，也只得由人去做，不过不是应当青年人提倡底种种。近日有人教狗虱做戏，在技巧方面说是可以的，若是当它做艺术看那就太差了。提倡书法也与提倡做狗虱戏一样无关大雅，近日人好皮毛的名誉，以为能写个字，能画两笔，便是名家。因此，不肯从真学问处下工夫，这是太可惜太可怜了。

青年节是含有训练青年人底政治意识与态度底作用底。我们底民族正入到最危难的关头，国民对于民族生存底大目标固然要一致，为要达到生存底安全也要一致地努力，但对于国家前途底计划，意见纵然不一致，也当彼此容忍，开诚布公，使磨擦减少。须知我们自己若不能相容，我们便不配希望人家底帮助与同情。我们对内底严重症结在贪污与政治团体底意见分歧与互相猜忌，国防只是党防，抗战不能得预期的效果多半是由于被上头所指出底贪污底绳与猜忌底索的绊缠。这样下去，那能了得？前几日偶然翻到日本平凡社刊行底百科大事汇，在缅甸一条里，论者说缅甸人性好猜忌，是亡国民族底特征。编者对缅甸人底观察与判断我不敢赞同。但亡了国之后，凡人类所有的劣根性都会意外地被指摘出来。我也承认亡国民族有他底特征，而这些都是积渐发展而来底。前七八年我写了一篇伟大民族底条件底论文，在北平晨报发表过，我底中心意见是以为伟大民族不是天生成的，须要劣根性排除，自己努力栽培自己使他习惯成自然，自然就会脱离蛮野人与鄙野人底境地。我现在要讲亡国民族底特征，除了上头所讲底两点以外，我们可以说还有五点。一，嫉妒。没落的民族底个人总是希望人家底能力学力等等都不如他。凡有比他好的，就是一分一毫，他也很在意。他专会对别人算帐，自己的胡涂帐却不去问，总要拿自己来与人家比，看不得一件好事情一个好见地给别人做了或提出来了，他非尽力破坏不可。这是亡国民族底一个特征。二，好名。亡国民族底个人因为地位上已有高下，尤其喜欢得着虚名，但由自己的努力得来底名誉是很少见的。名誉底来到，多是由于同党者底互相标榜。做事不认真，却要得到人家底赞美。现在单从学术的研究来说，我们常常看见报上登载底某某发明什么东西比外国发明更好。更好，固然是应该，但要不鼓吹。东西真是超越，也不必鼓吹。而且许多与国防上有关底发明，若是这样大吹大擂地刊报出来，岂不是大有损害？我们看见这样大吹大擂底报，总会感觉到只是发明家底好名，并非他真有所发明。三，无恒。亡国底民族个人多半不肯把一件事情做好。他做事多半为名为利，从不肯牢站在自己的岗位。凡事，只要能使他底生活安适一点，不一定是能使他底事业更有成就底，他必轻易地改变他底职业。这样永远只能在人支配之下讨生活，永不会有什么成就底。四，无情。中国一讲到无情便连想到无义，所以无情无义是相连的。一个人对别人底痛苦艰难，毫不关心，甚至只知道自己的利益与安适，不顾全大局，间接地吃人肉，直接地掠人财。在这几年底抗战期间，出了一批发国难财底"官商"与"商官"！他们底假公济私，对于民众需要的生存与生活资料用巧妙的方法榨取与禁制，凡具有些少人心底人，对于他们无不痛恨。这种无同情心底情形，在亡国底民族中更显现得明白。五，无理想。每一个生存着和生长着底民族必定有他底生存理想。远大的理想本来不容易生产，不过要有民族永远的生存就得立一个共同的理想。在亡国民族中间，"理想"是什么还莫名其妙，那讲什么理想呢？因为自己没有理想，所以自己的行为便翻来覆去，自己的言论便常露出矛盾的现象。女人们都要争妇女地位，反对纳妾，可是有多少受高等教育底女子们，愿意去做大官阔贾底"夫人"，只要"如"字不要，便可以自欺欺人。她们反对男子纳妾，自己却甘心作妾。还有许多政客官僚，为自己底地位与权力，忘记了他们平日底主张，在威迫利诱之下，便不顾一切，去干卖国卖群底勾当。"五四"时代热心青年中间不少是沉沦了底，这里我也不愿意多说了。

以上所讲底几点，不是说我们底民族中间都已有了这些特征，只是为要提醒我们，教大家注意一下。我们不要想着亡了国是和古时换了一个朝代一样。现代的亡国现象，决不是换朝代，是在种族上被烙上奴隶底铁印，子子孙孙永远挣扎不起来。在异族统治底下，上头所举底几个劣根性，要特别地被发展起来。颓废的生活，自我的享受，成为一般亡国民族底生活型。因为在生活底，进展底机会上，样样是被统治了底。第一是学术统制。近代的国家，感觉到将来的战争会趋于脑力高下底争斗，凡有新知识，已经秘藏了许多。去外国留学已不如从前，那么容易得人家底高深学问，将来可以料想得到，除掉街头巷尾可以买得到底教科书以外，稍为高等和专门一点的书籍，恐怕也要被统制起来，非其族人，决不传授。这样的秦皇政策，我恐怕在最近就会渐渐施行起来底。学力比人差，当然得死心塌地地受人家支配，做人家底帮手。第二是职业会受统制。就使你有同等学力与经验，在非我族类底原则底下，你是不能得到相当的职业底。有许多事业，人家决不会让你去做，一个很重要的机关，你当然不能希望进得去那门槛。就是一件普通的事业，也得尽先用自己的人，这样你纵然有很大的才干，也是没有机会发展出来了。第三是经济的统制。在奴主关系民族中间，主民族底生活待遇不用说是从奴民族榨取底。所以后者所受底待遇决不能比前者好。主人吃的是肉，狗啃底是骨头，是永世不易的公例。经济能力由于有计划底统制，越来便会越小，越小就越不敢生育。纵使生育子女，也没有力量养育他们，这样下去，民族底生存便直接受了影响。数百年后，一个原先繁荣底民族，就会走到被保存底地步。我很怕将来的中华民族也会像美洲底红印第安人一样，被划出一个地方，作为民族底保存区域，留一百几十万人，作为人类过去种族与一种文化民族遗型，供人家底学者来研究。三时五时到那区域去，看看中国人怎样用毛笔画小鸟，写草字，看看中国人怎样拜祖先和打麻雀。种种色色，我不愿意再往下说了。我只要提醒诸位，中国底命运是在青年人手里。青年现在不努力挣扎，将来要挣扎就没有机会了。将来除了用体力去换粥水以外，再也不能有什么发展了。我真是时时刻刻为中国底前途捏一把冷汗。

青年节本不是庆祝的性质，我们不是为找开心来底。我们要在这个时节默想我们自己的缺点，与补救底方法。我们当为将来而努力，回想过去，乃是帮助我们找寻新路径底一个方法。所以青年节对于我们是有意义底。若是大家不忘记危亡底痛苦，大家努力向前向上，大家才配纪念这个青年节。我们可以说"五四"过去的成绩，是与现在的青年没有关系底。我们今后底成绩，才与现在青年节有关系。

中国美术家的责任

美术家对于实际生活是最不负责任的。我在此地要讲美术家的责任，岂不是与将孔雀来拉汽车同一样的滑稽！但我要指出的"责任"，并非在美术家的生活以外，乃是在他们的生活以内的事情。

一个木匠，在工作之先，必须明白怎样使用他的工具，怎样搜集他的材料和所要制造的东西的意义，然后可以下手。美术家也是如此，他的制作必当含有方法，材料，目的，三样要素。艺术的目的每为美学家争执之点，但所争执的每每离乎事实而入于玄想。有许多人以为美的理想的表现便是艺术的目的，这话很可以说得过去，但所谓美的理想是因空间和时间的不同而变异的。空间不同，故"艺术无国界"的话不能尽确。时间不同，故美的观念不能固定。总而言之，即凡艺术多少总含着地方色彩和时代色彩，虽然艺术家未尝特地注意这两样而于不知不觉中大大影响到他的作品上头，是一种不可抹杀的事实。

我国艺术从广义说，向分为"技艺"与"手艺"二种。前者为医，卜，星，相，堪舆，绘画；后者为栽种，雕刻，泥作，木作，银匠，金工，铜匠，漆匠乃至皮匠石匠等等手工都是。这自然是最不科学的分法，可是所谓"手艺"，都可视为"应用艺术"，而技艺中的绘画即是纯粹艺术。

中国的纯粹艺术有绘画写字，和些少印文的镌刻。故"美术"这两个字未从日本介绍进来之前，我们名美术为金石书画。但纯粹艺术是包含歌舞等事的。故我们当以美术为广义的艺术，而艺术指绘画等而言。

我国艺术，近年来虽呈发达的景象，但从艺术的气魄一方面讲起来，依我的知识所及，不但不如唐五代的伟大，即宋元之靡丽亦有所不如。所谓"艺术的气魄"，就是指作品感人的能力和艺术家的表现力。这原故是因为今日的艺术家只用力于方法上头，而忽略了他们所住的空间和时间。这个毛病还可以说不要紧，更甚的是他们忘记我们祖宗教给他们的"笔法"。一国的艺术精神都常寓在笔法上头，艺术家都把它忽略了。故我们今日没有伟大的作品是不足怪的。

世间没有一幅画是无意义，是未曾寄写作者的思想的。留学于外国的艺术家运笔方法尽可以完全受别人的影响，但运思方法每不能自由采用外国的理想。何以故？因为各国人，都各自的特别心识，各自的生活理想，各自的生活问题。艺术家运用他的思想时，断不能脱掉这三样的限制。这三样也就是形成"国性"和"国民性"的要点。今日的艺术思想好像渐趋一致，其原故有二：一因东西的交通频繁，在运笔的方法上，西洋画家受了东洋画家的教训不少；二因近数十年来，世界里没有一国真实享了康乐的幸福，人民的生活都呈恐慌和不安的状态，故无论哪一国的作品，不是带着悲哀狂丧的色调，便是含着祈求超绝能力的愿望。可是从艺术家的内部生活看起来，他们所表现的"国性"或"国民性"仍然存在。如英国画家，仍以自然美的描写见长，益格卢撒克逊人本是自然的崇拜者，故他们的画派是自然的写实的，"诚实的表现"便是他们的笔法，故英国画仍是很率直，不喜欢为抽象的或戏剧的描写。拉丁民族，比较地说，是情绪的。法国画在过去这半世纪中，人都以她的印象派为新艺术的冠冕，现在的人虽以它为陈腐，为艺术史上的陈迹，但从它流衍下来的许多派别多少还含着祖风。印象派诚然是拉丁新艺术的冠冕，故其所流衍下来的诸派不外是要尽量地将个人的情绪注入自然现象里头。反对自然主义是现代法国画派的特彩。因为拉丁的民族性使他们不以描写自然为尚，各人只依自己所了解的境地描写，即所谓自由主义和自表主义。此外如条顿民族的注重象征主义，虽以近日德国画家致力于近代主义，而其象征的表现仍不能免。这都是因为各国的生活问题和理想不同所致。

艺术理想的传播比应用艺术难。我们容易乐用西洋各种的美术工艺品，而对于它的音乐跳舞和绘画的意义还不能说真会鉴赏。要鉴赏外国的音乐比外国的绘画难，因为音乐和语言一样，听不懂就没法子了解。绘画比较地容易领略，因为它是记在纸上或布上的拂枋姿势，用拂枋来表示情意是人类所共有，而且很一致，如"是"则点头，"否"则摇头，"去"则撒手，"来"则招手，等等，都是人人所能理会的。近代艺术正处在意见冲突的时代，因为东亚的艺术理想输入西欧，西欧的艺术方法输入东亚，两方完全不同的特点，彼此都看出来了。近日西洋画家受日本画的影响很大，但他们并不是像十几年前我们的画家所标题的"折衷画派"。这一点是我们应当注意的，他们对于东洋画的研究，在原则方面比较好奇心更大，故他们的作品在结构上或理想上虽间或采用东洋方法，而其表现仍带着很重的地方色彩和国性。

我国绘画的特质就是看画是诗的，是寄兴的。在画家的理想中每含着佛教和道家的宗教思想，和儒家的人生观。因为纯粹的印度思想不能尽与儒家融合，故中国的佛教艺术每以印度的神秘主义为里而以儒家的实际的人生主义为表。这一点，我们可以拿王摩诘，吴道子和李龙眠的作品出来审度一下，就可以看出来。"诗"是什么呢？就是实际生活与神秘感觉的融合的表现。这融合表现于语言上时，即是诗歌词赋；表现于声音上，即为音乐；表现在动作上，即为舞蹈戏剧；表现于色和线上，即是绘画。所以我们叫绘画为"无声诗"，我们古代的画家感受印度思想，在作品的表面上似乎脱了神秘的色彩，而其思想所寄，总超乎现实之外。故中国画之理想，可以简单地说，即是表现自然世界与理想生活的混合。在山水画中，这样的事实最为显然。画家虽然用了某座名山，某条瀑布为材料，而在画片上尽可以有一峰一石从天外飞来。在画中的人间生活也是很理想的，看他的取材多属停车看枫，骑驴寻故，披蓑独钓，倚琴对酌，等等不慌不忙的生活。画家以此抒其情怀，以此写其感乐，故虽稍微入乎理想，仍不失为实际生活的表现。我国的绘画理想既属寄兴，故画家多是诗人，画片上可以题诗；故画与诗只有有声和无声的差别。我想这一点就是我们的理想中，"画工"和"画家"不同的地方。我希望今日的画家负责任去保存这一个特点。

今日的画家竟尚西洋画风，几乎完全抛弃我们固有的技能，是一种很可伤心的事。我不但不反对西洋画，并且要鼓励人了解西洋画的理想，因为这可以做我们的金铿。我国绘画的弊端，是偏重"法则"，或"家法"方面，专以仿拟摹临为尚，而忽略了个性表现，结果是使艺术落于传统的圈套，不能有所长进。我想只有西洋的艺术思想可以纠正这个方家或法家思想的毛病。不过囫囵地模仿西洋与完全固守家法各都走到极端，那是不成的。我们当复兴中国固有的画风，汉画与西洋画都是方法上的问题，只要作品，不论是用油用水，人家一见便认出是中国人写的那就可以了。

我觉得我国自古以来便缺乏历史画家。我在十几年前，三兄敦谷要到日本的时候便劝他致力于此。但后来我们感觉得有一个绝大的原因，使我们缺乏这等重要的画家，就是我们并没注意保存历史的名迹及古代的遗物。间或有之，前者不过为供"骚人""游客"之流连，间或毁去重建，改其旧观，自北京的天宁寺，而武昌的黄鹤楼，而广州的双门，等等，等等，改观的改观，毁拆的毁拆，伤心事还有比这个更甚的么？至于古代彝器的搜集，多落于豪贵之户，未尝轻易示人，且所藏的范围也极狭隘，吉金，乐石，戈镞，帛布以外，罕有及于人生日用的品物，纵然有些也是真赝杂厕，难以辨识。于此，我们要知道考古学与历史画的关系非常密切，考古学识不足，即不能产生历史画像。不注意于保存古物古迹，甚至连美术家也不能制作。我曾说我们以画为无声诗，所以增加诗的情感，惟过去的陈迹为最有力。这点又是我们所当注意的。我们今日没有伟大的作品，是因为画家的情感受损的原故。试看雷峰一倒，此后画西湖的人的感情如何便知道了。他们绝以不描写哈同的别庄为有兴趣，故知古代建筑的保存和修筑是今日的美术家应负提倡及指导的责任，美术家当与考古家合作，然后对于历史事物的观念正确，然后可以免掉画汉朝人物着宋朝衣冠的谬误。于此我要声明我并非提倡过去主义（经典派或古典派），因为那与未来主义同犯了超乎时代一般的鉴赏能力之外。未来主义者以过去种种为不善不美，不属理想，然而，若没有过去，所谓美善的情绪及情操亦无从发展。人间生活是连续的。所谓过去已去，现在不住，未来未到，便是指明这连续的生活一向进前，无时休息的。因无休息，故所谓"现在"不能离过去与未来而独存。我们的生活依附在这傍不住的时间的铁环上，也只能记住过去的历程和观望未来的途径。艺术家的唯一能事便在驾御这时间的铁环使它能循那连续的轨道进前，故他的作品当融含历史的事实与玄妙的想象。由前之过去印象与后之未来感想，而造成他现在的作品。前者所以寄情，后者所以寓感，一个艺术家应当寄情于过去的事实，和寓感于未来的想象，于此，有人家要说，艺术是不顾利害，艺术家只为艺术而制作，不必求其用处。但"为艺术而艺术"的话，直与商人说，"我为经商而经商"，官吏说"我为做官而做官"同一样无意义，艺术家如不能使人间世与自然界融合，则他的作品必非艺术品。但他所寄寓的不但要在时间的铁环，并且顾及生活的轨道上头。艺术家的技能在他能以一笔一色指出人生的谬误或价值之所在，艺术虽不能使人抉择其行为的路向，但它能使人理会其行为的当与不当却很显然。这样看来，历史画自比静物画伟大得多。

未了，我很希望一般艺术家能于我们固有的各种技艺努力。我国自古号为衣冠文物之邦，而今我们的衣冠文物如何？讲起来伤心得很，新娘子非西式的白头纱不蒙，大老爷非法定的大礼帽不戴；小姐非钢琴不弹唱，非互搂不舞蹈，学生非英法菜不吃，非"文明杖"不扶！所谓自己的衣冠文物荡然无存。艺术家又应当注意到美术工艺的发展。我们的戏剧，音乐，建筑，衣服等等并不是完全坏，完全不美，完全不适用，只因一般工匠与艺术家隔绝了，他们的美感缺乏，才会走到今日的地步。故乐器的改造，衣服的更拟，等等关于日常生活的事物，我们当有相当的供献，总而言之，国献运动是今日中国艺术家应当力行的，要记得没有本国的事物，就不能表现国性；没有美的事物，美感亦无从表现。大家努力罢。

1927 年 1 月 8 日

老鸦咀

无论什么艺术作品，选材最难，许多人不明白写文章与绘画一样，擅于描写禽虫的不一定能画山水，擅于描写人物的不一定能写花卉，即如同在山水画的范围内，设色，取景，布局，要各有各的心胸才能显出各的长处，文章也是如此。有许多事情，在甲以为是描写的好材料，在乙便以为不足道，在甲以为能写得非常动情，在乙写来，只是淡淡无奇，这是作者性格所使然，是一个作家首应理会的。

穷苦的生活用颜色来描比用文字来写更难，近人许多兴到农村去画什么饥荒，兵灾，看来总觉得他们的艺术手段不够，不能引起观者的同感，有些只顾在色的渲染，有些只顾在画面堆上种种触目惊心的形状，不是失于不美，便是失于过美。过美的，使人觉得那不过是一幅画，不美的便不能引起人的快感，哪能成为艺术作品呢？所以"流民图"一类的作品只是宣传画的一种，不能算为纯正艺术作品。

近日上海几位以洋画名家而自诩为擅汉画的大画师，教授，每好作什么英雄独立图，醒狮图，骏马图。"雄鸡一声天下白"

之类，借重名流如蔡先生褚先生等，替他们吹嘘，展览会从亚洲开到欧洲，到处招摇，直失画家风格。我在展览会见过的马腿，都很像古时芝拉夫的鸡脚，都像鹤膝，光与体的描画每多错误，不晓得一般高明的鉴赏家何以单单称赏那些，他们画马，画鹰，画公鸡给军人看，借此鼓励鼓励他们，倒也算是画家为国服务的一法，如果说"沙龙"的人都赞为得未曾有的东方画，那就失礼了。

当众挥毫不是很高尚的事，这是走江湖人的伎俩。要人信他的艺术高超，所以得在人前表演一下。打拳卖膏药的在人众围观的时节，所演的从第一代祖师以来都是那一套。我赴过许多"当众挥毫会"，深知某师必画鸟，某师必画鱼，某师必画鸦，样式不过三四，尺寸也不过五六，因为画熟了，几撇几点，一题，便成杰作，那样，要好画，真如煮沙欲其成饭了，古人雅集，兴到偶尔，就现成纸帛一两挥，本不为传，不为博人称赏，故只字点墨，都堪宝贵，今人当众大批制画，伧气满纸，其术或佳，其艺则渺。

画面题识，能免则免，因为字与画无论如何是两样东西，借几句文词来烘托画意，便见作者对于自己艺术未能信赖，要告诉人他画的都是什么，有些自大自满的画家还在纸上题些不相干的话，更是傻头。古代杰作，都无题识，甚至作者的名字都没有。有的也在画面上不相干的地方，如树边石罅，枝下等处淡淡地写个名字，记个年月而已。今人用大字题名题诗词，记跋，用大图章，甚至题占画面十分之七八，我要问观者是来读书还是读画？有题记瘾的画家，不妨将纸分为两部分，一部作画，一部题字，界限分明，才可以保持画面的完整。

近人写文喜用"三部曲"为题，这也是洋八股。为什么一定要"三部"？作者或者也莫名其妙，像"憧憬"是什么意思，我问过许多作者，除了懂日本文的以外，多数不懂，只因人家用开，顺其大意，他们也跟着用起来，用三部曲为题的恐怕也是如此。

1939 年 8 月

论"反新式风花雪月"

"新式风花雪月"是我最近听见的新名词。依杨刚先生的见解是说:"我"字统率下所写的抒情散文,充满了怀乡病的叹息和悲哀,文章的内容不外是故乡的种种,与爸爸,妈妈,爱人,姐姐等。最后是把情绪寄在行云流水和清风明月上头。杨先生要反对这类新型的作品,以为这些都是太空洞,太不着边际,充其量只是风花雪月式的自我娱乐,所以统名之为"新式风花雪月"。这名辞如何讲法可由杨先生自己去说,此地不妨拿文艺里的怀乡,个人抒情,堆砌辞藻,无病呻吟等,来讨论一下。

我先要承认我不是文学家,也不是批评家,只把自己率直的见解来说几句外行话,说得不对,还求大家指教。

我以为文艺是讲情感而不是讲办法的。讲办法的是科学,是技术。所以整匹文艺的锦只是从一丝一丝的叹息、怀念、呐喊、愤恨、讥讽等等,组织出来。经验不丰的作者要告诉人他自己的感情与见解,当然要从自己讲起,从故乡出发。故乡也不是一个人的故乡,假如作者真正爱它,他必会不由自主地把它描写出来。作者如能激动读者,使他们想方法怎样去保存那对于故乡的爱，那就算尽了他的任务。杨先生怕的是作者害了乡思病，这固然是应有的远虑。但我要请她放心，因为乡思病也和相思病一样地不容易发作。一说起爱情就害起相思病的男女，那一定是疯人院里的住客。同样地，一说起故乡，什么都是好的，什么都是可恋可爱的，恐怕世间也少有这样的人。他也会不喜欢那只爬满蝇蚋的癞狗，或是隔邻二婶子爱说人闲话的那张嘴，或是住在别处的地主派来收利息的管家吧。在故乡里，他所喜欢的人物有时也会述说尽的。到了说净尽的时候，如果他还要从事于文艺的时候，就不能不去找新的描写对象，他也许会永远不再提起"故乡"，不再提起妈妈姊姊了。不会做文章和没有人生经验的人，他们的世界自然只是自己家里的一厅一室那么狭窄，能够描写故乡的柳丝蝉儿和飞灾横祸的，他们的眼光已是看见了一个稍微大一点的世界了。看来，问题还是在怎样了解故乡的柳丝、蝉儿等等，不一定是值得费工夫去描写，爸爸、妈妈、爱人、姊姊的遭遇也不一定是比别人的遭遇更可叹息，更可悲伤。无病的呻吟固然不对，有病的呻吟也是一样地不应当，永不呻吟的才是最有勇气的。但这不是指着那些麻木没有痛苦感觉的喘气傀儡，因为在他们的头脑里找不出一颗活动的细胞，他们也不会咬着牙龈为弥补境遇上的缺陷而戮力地向前工作。永不呻吟的当是极能忍耐最擅于观察事态的人。他们的笔尖所吐的绝不会和嚼饭来哺人一样恶心，乃如春蚕所吐的锦绣的原料。若是如此，那做成这种原料的柳丝、蝉儿、爸爸、妈妈等，就应当让作者消化在他们的笔尖上头。

其次，关于感情的真伪问题。我以为一个人对于某事有真经验，他对于那事当然会有真感情。未经过战场生活的人，你如要他写炮火是怎样厉害，死伤是何等痛苦，他凭着想象来写，虽然不能写得过真，也许会写得毕肖。这样描写虽没有真经验，却不能说完全没有真感情。所谓文艺本是用描写的手段来引人去理解他们所未经历过的事物，只要读者对作品起了共鸣作用，作者的感情的真伪是不必深究的。实在地说，在文艺上只能论感情的浓淡，不能论感情的真伪，因为伪感情根本就够不上写文艺。感情发表得不得当也可以说虚伪，所以不必是对于风花雪月，就是对于云、光、铁、血，也可以变作虚伪的呐喊。人对于人事的感情每不如对于自然的感情浓厚，因为后者是比较固定比较恒久的。当他说爱某人某事时，他未必是真爱，他未必敢用发誓来保证他能爱到的。可是他一说爱月亮，因为这爱是片面的，永远是片面的，对方永不会与他有何等空间上、时间上、人事上的冲突，因而他的感情也不容易变化或消失。无情的月对着有情的人，月也会变作有情的了。所忌的是他并不爱月亮，偏要说月亮是多么可爱，而没能把月亮的所以可爱的理由说出来，使读者可以在最低限度上佩服他。撒的谎不圆，就会令人起不快的感想，随着也觉得作者的感情是虚伪的。读书、工作、体验、思索，只可以培养作者的感情，却不一定使他写成充满真情的文章，这里头还有人格修养的条件。从前的文人每多"无行"，所以写出来的纵然是真，也不能动人。至于叙述某生和狐狸精的这样那样，善读文艺的人读过之后，忘却的云自然会把它遮盖了的。

其三，关于作风问题。作风是作者在文艺上所走的路和他的表现方法。文艺的进行顺序是从神坛走到人间的饭桌上的。最原始的文艺是祭司巫祝们写给神看或念给神听；后来是君王所豢养的文士写来给英雄、统治者或闲人欣赏；最后才是人写给人看。作风每跟着理想中各等级的读者转变方向。青年作家的作品所以会落在"风花雪月"的示范里的原故，我想是由于他们所用的表现工具——文字与章法——还是给有闲阶级所用的那一套，无怪他们要堆砌辞藻，铺排些在常人饭碗里和饭桌上用不着的材料。他们所写的只希望给生活和经验与他们相同的人们看，而那些人所认识的也只是些中看不中用的辞藻。"到民间去"，"上前线去"，只要带一张嘴，一双手，就够了，现在还谈不到带文房四宝。所以要改变作风，须先把话说明白了，把话的内容与涵义使人了解才能够达到目的。会说明白话的人自然擅于认识现实，而具有开条新路让人走的可能力量。话说得不明白才会用到堆砌辞藻的方法，使人在云里雾中看神仙，越模糊越秘密。这还是士大夫意识的遗留，是应当摒除的。

1940 年 11 月

人生论

　　老子的人生论是依据道的本性来说明的。这也可以从两方面来说明：一是人生的归宿，一是生活的方术。人生的归宿属于历史哲学的范围。老子所主张的是一种尚古主义，要从纷乱不安的生活跑向虚静的道。人间的文明从道的观点说来，是越进展越离开道的本性。第十八章说，大道废有仁义；智慧出有大伪；六亲不和有孝慈；国家昏乱有忠臣。十四章说，执古之道，以御今之有，能知古始，是谓道纪。又，第三十九章说，昔之得一者，天得一以清；地得一以宁；神得一以灵；谷得一以盈，万物得一以生，乃至侯王得一以为天下贞。这样崇尚古昔，所谓仁义，智慧，忠孝等都是大道废后的发展。古昔大道流行，人生没有大过大善，大智大愚，大孝大慈，等等分别。所以要绝圣弃智，使民利百倍。绝仁弃义，使民复孝慈（十九章）。古时没有仁义，忠孝，智慧等名目，却有其实；现在空有其名，却是离实很远。

　　老子的历史哲学既然是一种尚古主义，它的生活方术便立在这基础上头。生活方术可以分为修己治人两方面。修己方面，老子所主张的，如第十章所举的玄德，乃至不争，无尤（九章）任自然（十七章）尚柔弱（三十六，七十八章）不以身先天下（七章）知足，知止（四十四章）等都是。崇尚谦弱，在修己方面固然很容易了解，但在治人方面，有时免不了要发生矛盾。老子的历史观并不彻的，所以在治人的理论上也欠沉重。因为道是无为，故说我无为而民自化（五十七章），圣人无为，故无败（六十四章），一个统治天下的圣人须要无欲得一（三十九章），常使民无知（三章），此外还要排除名言，弃绝智慧。三十二章说，道常无名，朴虽小，天下莫能臣也，侯王若能守之，万物将自宾。又二章说，圣人处无为之事，行不言之教。六十五章说，民之难治以其智多。故以智治国，国之贼。不以智治国，国之福。这些话说得容易，要做得成，却是很难。我们说它的不沉重便在这里。取天下与治天下便是欲望所在。也必得有所作为。这样，道的本性所谓无欲无为从哪里实现出来呢？若说，无为而无不为，无不为说得通，无为便说不通了。治天下既不以仁义礼信，一切都在静默中过活，如果这个便是无为，那么守静的守，致虚的致，抱一的抱，得一的得，乃绝仁弃义的绝的弃，算为不算呢？又，治天下即不能无所作为，保存生命即不能无欲。总而言之，老子的人生论在根本上不免与道相矛盾。这个明是讲治术的法家硬把与他不相干的道家所主张的道论放在政治术里所露出来的破绽。假如说老子里所指的道应作两面观，一是超乎现象，混混沌沌的道，或根本道；一是从根本道所生，而存于万物当中的道，或变易道，那么这道的两方面的关系如何，也不能找出。

　　人生的根本欲望是生的意志，如果修己治人要无欲无为，就不能不否定人间，像佛教一样，主张除灭意志和无生。现在书中找不出一句含有这种意义的句子。老子也含有中国思想的特性，每一说理便是解释现实，生活的直接问题，不但肯定人生，并且指示怎样保持的方术。人的本性与道的本质的关系如何，老子一样地没有说明，甚至现出矛盾。如五十六章知者不言，言者不知，是书中最矛盾的一句话。知者和言者都是有为，不言可以说是无作为，不知却不能说是无为。既然主张无为，行不言之教，为什么还立个知者？既然弃知，瞎说一气，岂不更妙！大概这两句是当时流俗的谣谚，编《老子》的引来讽世的。《老子》中这类矛盾思想大抵都含着时代的背景。编者或撰者抱着反抗当时的文化、道德和政治。在那时候，人君以术临民，人民以智巧相欺，越讲道德仁义，人生越乱，于是感到教育无功，政治无效，智慧无利，言说无补。在文化史上，这种主张每出现于社会极乱的时代，是颓废的、消极的，这种思想家，对于人生只理会它的腐败的、恶的、破坏的和失败的方面，甚至执持诡辩家或嬉笑怒骂的态度。他对于现实的不满常缺乏革新的理想，常主张复古。这可以叫作黑暗时代哲学，或乱世哲学。

乱世哲学的中心思潮只能溢出两条路，一是反抗既成的组织与已立的学说，二是信仰机械的或定命的生活。走这两条路的结果，是返古主义与柔顺主义。因为目前的制度、思想等，都被看为致乱的根由，任你怎样创立新法，只会越弄越坏，倒不如回到太古的朴素生活好。又，无论你怎样创制，也逃不了已定的命运，逃不了那最根本的法理或道。这思想的归宿，对于前途定抱悲观，对于自我定成为独善主义甚至利己主义。在《老子》里尽力地反对仁义孝慈，鼓吹反到古初的大道。伦常的观念一点也没有，所以善恶的界限也不必分明。第二十章善之与恶，相去若何？便是善恶为无分别的口气。在实际生活上，这是不成的，《老子》里所说的道尽管玄妙，在实践上免不了显示的疏忽和矛盾的原故即在这上头。不讲道德，不谈制度，便来说取天下，结果非到说出自欺欺人的话不可。

老子的玄学也很支离，并不深妙。所说一生二，乃至生万物，并未说明为什么这样生法。道因何而有？欲因何而生？玄之又玄，是什么意思？编纂者或作者都没说明。我们到处可以看出书中回避深沉的思索和表示冥想及神秘的心态。佛家否定理智，却常行超越理智的静虑，把达到无念无想的境地来做思维的目的。道家不但没有这个，反要依赖理智去过生活。这样，无论文如何，谈不到玄理，只能在常识的范围里说一两句聪明话，什么婴儿赤子侯王刍狗雄雌玄牝之门，等等，都搬出来了。这样的思想只能算是常识的思考，在思想程度上算不了什么，因为它的根本精神只在说明怎样过日子。如果硬要加个哲学的徽号，至多只能说是处世哲学罢了。

礼俗与民生

礼俗是合礼仪与风俗而言。礼是属于宗教的及仪式的；俗是属于习惯的及经济的。风俗与礼仪乃国家民族的生活习惯所成，不过礼仪比较是强迫的，风俗比较是自由的。风俗底强迫不知道德律那么属于主观的命令；也不如法律那样有客观的威胁，人可以遵从它，也可以违背它。风俗是基于习惯，而此习惯是于群己都有利，而且便于举行和认识。我国古来有"风化""风俗""政俗""礼俗"等名称。风化是自上而下言；风俗是自一社团至一社团言；政俗是合法律与风俗言；礼俗是合道德与风俗言。被定为唐朝的书《刘子·风俗篇》说："风者气也；俗者习也。土地水泉，气有缓急，声有高下，谓之风焉。人居此地，习以成性，谓之俗焉。风有薄厚，俗有淳浇，明王之化，当称风使之雅；易俗使之正。是以上之化下，亦为之风焉。民习而行，亦为之俗焉。……"我国古说以礼俗是和地方环境有密切关系的，地方环境实际上就是经济生活。所以风俗与民生有相因而成底关系。

人类和别的动物不同的地方，最显然的是他有语言文字衣冠和礼仪。礼仪是社会的产物，没有社会也就没有礼仪风俗。古代社会几乎整个生活是礼仪风俗捆绑住，所谓礼仪三百，威仪三千，是指示人没有一举一动是不在礼仪与习俗里头。在风俗里最易辨识底是礼仪。它是一种社会公认的行为，用来表示精神的与物质的生活底象征，行为底警告，和危机底克服。不被公认底习惯，便不是风俗，只可算为人的或家族的特殊行为。

生活底象征。所谓生活底象征，意思是我们在生活上有种种方面，如果要在很短的时间把它们都表现出来，那是不可能的。不得已，就得用身体底动作表示出来。如此，有人说，中国人底"作揖"，是种地时候，拿锄头刨土底象征行为。古时两个人相见，彼此底语言不一定相通，但要表示友谊时，便作彼此生活上共同的行为，意思是说，"你要我帮忙种地，我很喜欢效劳"。朋友本有互助底情分，所以这刨土底姿势，便成表现友谊底"作揖"了。又如欧洲人"拉手或顿手"与中国底"把臂"有点相同，不过欧洲文化是从游牧民族生活发展底，不像中国作揖是从农业文化发展底，拉手是象征赶羊入圈底互助行为。又如，中国底叩头礼，原是表示奴隶对于主人底服从；欧洲底脱帽礼原是武士入到人家，把头盔脱下，表示解除武装，不伤官人的意思。这些都是生活底象征。

行为底警告。依据生活底经验，凡在某种情境上不能做某样事，或得做某样事，于是用一种仪式把它表示出来。好像官吏就职底宣誓典礼，是为警告他在职位时候应尽忠心，不得做辜负民意底事情。又如西洋轮船下水时，要行掷香槟酒瓶礼，据说是不要船上底水手因狂饮而误事底意思。又如古代社会底冠礼，多半是用仪式来表示成年人在社会里应尽底义务，同时警告他不要做那违抗社会或一个失败的人。

危机底克服。人在生活底历程上，有种种危机。如生产底时候，母子底性命都很危险。这危险底境地，当在过得去与过不去之间，便是一个危机。从旧生活要改入新生活底时期，也是一个危机。如社会里成年底男女，在没有结婚底时候，依赖父母家长，一到结婚时候，便要从依赖的生活进入独立的生活，在这个将入未入底境地，也是生活底一个危机。因所要娶要嫁底男女在结合以后，在生活上能否顺利地过下去，是没有把握底。又如家里底主人就是担负一家经济生活底主角，一旦死了，在这主要底生产者过去，新底主要生产者将要接上底时候，也是一个危机。过年过节，是为时间底进行，于生产上有利不利底可能，所以也是一种危机。风俗礼仪由巫术渐次变成，乃至生活方式变迁了，仍然保留着，当做娱乐日，或休息日。

礼俗与民生底关系从上说三点底演进可以知道。生活上最大的四个阶段是生，冠，婚，丧。生产底礼俗现在已渐次消灭了。女人坐月，三朝洗儿，周岁等，因生活形式改变，社会组织更变，知识生活提高，人也不再找这些麻烦了。做生日并不是古礼，是近几百年，官僚富家，借此夸耀及收受礼物底勾当，我想这是应当禁止底。冠礼也早就不行了。在礼仪上，与民生最有关系的是婚礼与丧礼。这两礼原来会有很重的巫术色彩，人试要用巫术把所谓不祥的境遇克服过来。现在拿婚礼来说，照旧时的礼仪，新娘从上头，上轿，乃至三朝回门，层层节节，都有许多禁忌，许多迷信的仪式，如像新娘拿镜子，新郎蹋轿门，闹新人等等，都含有巫术在内。说到丧礼，迷信行为更多，因为人怕死鬼，所以披麻，变形，神主所以点主，后来生活进步，便附上种种意义，人因风习也就不问而随着做了。

今天并不是要讲礼俗之起源，只要讲我们应当怎样采用礼仪，使它在生活上有意思而不至于浪费时间，金钱，与精神。礼仪与风俗习惯是人人有的，但行者须顾到国民底经济生活。自入民国以来，没工夫顾到制礼作乐，变服剪发，乃成风俗，不知从此例底没顾到国民底经济与工业，以致简单钮扣一项，每年不知向外买入多少，有底矫枉过正，变本加厉，只顾排场，不管自己财力如何，有底甚至全盘采取西礼。要知道民族生存是赖乎本地生活上传统的习惯和理想，如果全盘采用别人的礼仪风俗，无异自己毁灭自己，古人说要灭人国，得先灭人底礼俗，所以婚丧应当保留固有的，如其不便，可从简些。风俗礼仪凡与我生活上没有经验底，可以不必去学人家，像披头纱，拿花把，也于我们没有意义，为何要行呢？至于贺礼，古人对于婚丧在亲友分上，本有助理之分，不过得有用，现在人最没道理的是送人银盾，丧礼底幛，甚至有子送终父母底，也有男用女语女用男语底，最可笑的，有个殡仪，幛上写着"川流不息"！这又是乱用了。丧礼而张灯结彩，大请其客，也是不应该的，婚礼有以"文凭"为嫁妆扛着满街游行底，这也不对。

故生活简单，用钱底机会少，所以一旦有事，要行繁重的仪式，但也得依其人之经济与地位而行，不是随意的。又生产方式变迁，礼俗也当变，如丧礼在街游行，不过是要人知道某人已死，而且是个好人，因城市上人个个那么忙，谁有心读个人的历史呢？礼仪与民生底关系至密切，有时因习俗所驱，有人弄到倾家荡产，故当局者应当提倡合乎国民生活与经济底礼俗，庶几乎不教固有文化沦丧了。

宗教的妇女观

这个题目是这个讲演会选给兄弟说的。自然，宗教是社会的产物。它里面所有的理论和见解都离不了社会一般的见解。常常有人说，"男子建立了宗教而女子去迷信它"的话，从这个态度看来，宗教的立场显然有男子与女子的两样。这也可以说男女的地位在社会上不同，在宗教上他们也就不能相同。并且宗教制造了许多规律来限制男女的行为。它对于男女态度既有不同的地方，对于男女的观见因而不同，所立的规律也就不同。所以我们讲宗教对于女子的哲学应该注意几点。

第一点是男子的态度，尤其是对于这种问题，男女二种性情不同的现状，是应该注意的。第二点是男女的职业不同。第三点是男女的体格不同。我们可以说第一点是心理上的不同，第二点是经济上的不同，第三点是生理上的不同。所以男女地位的不平等多半是由于这三点不同而生的许多花样。这些，在以前几个演讲里已经有经济学家给我们说得很详细，现在不必细说。

从宗教方面说起来，由这些不同的现象所产生的有三种对于女子的态度。第一是婚姻态度，第二是女子解放问题，第三是女子的职业问题。宗教就是要帮助社会和政府试行解决这些问题的一种理论和机关。但这三种问题在宗教上的解决法和理论不是我现在所要讨论的，也不是今天所要说的问题。我只要把宗教对于女子的态度，宗教的妇女观，略为说明一下。不过在说明的历程上，我们应当把以上几点记住就是了。

我们中国所谓"惟女子与小人为难养也，近之则不逊，远之则怨"（《论语·阳货》），是孔夫子所说的。这话自然不是宗教的话，也不是后来曲解他这话的意思。孔夫子的话不能当作纯粹的宗教教训看。所以这话不能说是中国宗教对于女子的态度是这样。实际上说，除非在哲学上儒家有一种不同的见解，在地位上男女是平等的。"男正位乎内，女正位乎外"，"夫扶，妻齐"，"男女居室，人之大伦"。种种说法，都可以看出中国的男女观是对等的。不是差等的。不过这也不是我要讨论的问题，现时暂且不去详究它。

我们现在且看看佛教对于女子的意见。在巴利典小品（cullavagga）可以看出它对于女人的性格持着怎样的态度。大概宗教对于女人的态度离不了这三样：一样是从女人的性情讲，一样是从女子对于宗教生活的影响讲，一样是从女人的本分讲。我们要明白宗教对于女人的观念，先要记住宗教是男子建立却叫女子去崇拜的一种礼制，所以宗教的立场并不是从女子方面来看女子，是从男子方面说女子应当怎样怎样。

在小品里对于女子的性情说："女人的本性像鱼在水里头所走的道路一样不可测度，她们是取巧多智的贼，和她们同在一块儿真理就很难找得着。"它的态度是很明白的，跟女人在一块儿，就没有方法可以得着真理。我们再看《智度论》（十四）"风可捉，蛇可触，女心难得实"这句的意思。它说风你可以捉住它，蛇你可以触着它，但是女人的性情你就不能够摸得着的。所以宗教对于女人的性情有一种神秘的见解。实际地说起来这就是没有人能透彻了解女人的性情的男子，所以觉得女子的性情很难捉摸。我们中国的俗语也说女人的心像黄蜂尾后的针刺一样阴毒。在《毗奈耶杂事》（七）里头说女人有五过像大黑蛇一样。五样过失便是：嗔，恨，作恶，无恩，和刻毒。《增一阿含》（二七）也说女人的本性含有五想欲，就是：不净行，嗔恚，妄语，嫉妒，和心不正。《正法念经》（二五）也说女人有三种放逸就是：自恃身色，自恃丈夫，和骄慢。《增一阿含》（一二）说佛出世为的是救度女人和救度男子脱离女人的羁绊。女人应被救度，因为她有五难，所谓秽恶，两舌，嫉妒，嗔恚，和无反复（见《增一阿含》二七）。所以说"佛不出世时，女人入地狱如春雨雹，著贪欲，睡眠，调戏故。女人朝嫉妒，日中眠，暮贪欲"。又男女的分别便在欲多和欲少上头，故《增一阿含》（三四）说：劫初光音天，欲意多者成女人。《智度论》（七五）说女人著欲故，虽行福，不能得男身。这话的意思是女人要变男人必得先把贪欲弃掉，不然虽积福修好也没用处。佛教以为女人要享受来世的福乐必得先变男身才能达到。

从宗教方面讲，因为女子的性情既然那么坏，她对于宗教生活一定发出许多妨碍。宗教家要找出女人所以能够妨碍男子的宗教生活的根源，除了性情以外，还有天赋给她的美色美声，和美的行动。所以在生理方面，宗教家常持着"女人是不干净的"和女人擅于用她的姿色来迷惑人的态度。《佛所行赞》（四）记佛见庵摩罗女来到，恐怕徒弟们坏了戒行，便对他们说：

"此女极端正，能留行者情。汝等当正念，以慧镇其心。宁在暴虎口，狂夫利剑下，不于女人所，而起爱欲情。女人显姿态，若行，住，坐，卧，乃至画像形，悉表妖冶容，劫夺人善心，如何自不妨？见啼，笑，喜，怒，纵体而垂肩，或散发髻倾，犹尚乱人心。况复饰容仪，以显妙姿颜，庄严隐陋形，诱诳于愚夫。迷乱生恶想，不觉丑秽形，当观无常苦，不净无我所，谛见其真实，灭除贪欲想。"

我们再看《涅槃经》，也是这种态度。它说女色好像妙花秆上有毒蛇缠着它。如果有人贪得这个花就被那蛇咬了。"女色者，如妙华茎，毒蛇缠之。贪五欲华，如受蛇螫，堕三恶道。"（《南涅槃经》一二）

在《宝积经》里面也是这种意思。它说女色就好像一个被人打怕了的猪，它不怕死，它看见了粪还要吃，人贪女色也是像猪一样。又好像不要戴金花而戴热铁冠，那是一定要把他的头烧坏了。"女色者，如被怖猪，见粪贪复生；加舍金花髻，戴热铁。"（《宝积经》九七）这个意思是说女子是迷惑男子的人。还有讲得很明白的，是在佛经里，有一部《大爱道经》（下）说女色就好像锦囊盛着臭屎一样，外边看很好看，里面是要不得的。众生沉在女色好像在粪中的虫一样，整天在粪里生活。佛教最注意的《普贤行》愿品也有这样态度说："众生愚痴迷惑，依女色香醉其心，如粪中虫，乐著粪处。"（一七）所以《智度论》（一四）说："宁以刀剑杀身，也不贪着女色。"又《增一阿含》（四八）也说："宁以火烧铁锥烙眼，不以视色与乱想。"这话是说特别不要亲近女色，女子是能够迷惑人的。这是男子的心理作用。

在《瑜伽论》（五七）里面说女子有八种事情她可以把男子绑起来，第一种是跳舞，第二是唱歌，第三是笑，第四是送一个好看的媚眼给人，第五是美颜或好看的样子，第六是妙触就是搽粉把身体弄得很滑教人摸着很细滑，第七是奉承，第八是成礼就是结婚。第八种事情就是女子使男子受捆绑的重要的现象。

在基督教《圣经》里头也有这种意思。头一个死罪的就是夏娃。这样看起来，女人是容易趋于受诱惑或诱惑人的境地。如以在《宝积经》里给女人的定义说女人是众苦之本。是障碍之本，是杀害之本，是系缚之本，是爱恶之本，是怨怼之本，是生育之本。女人为生育的根本，故能使众生受苦，因而造成世界上种种不安的事情。自然，佛教是不赞成生育的，言话以后再替他辩护。如果男子亲近了女人，照《宝积经》（九七）说，就有四种不好处。女子如果被男子所爱，那男子一定是倒霉了，第一因为他很容易亲近恶道，第二就是造成了地狱之本，女人也要入地狱，第三是成就了住恶趣，第四是完满了恶趣的业。

从心理方面看，女人对于宗教生活的妨碍，就是在她的欲望过多，不但她自己难以修行，她并且能够妨害男子。《增一阿含》（二七）说女人有五欲想，所谓生豪贵家，嫁富贵家，使夫从语；多有儿息，和在家独得由己。还有屡见于佛经的，有女人八欲的说法。因为她有八欲，所以不如男子。什么八欲呢？她第一有色欲，她喜欢各种的颜色比男子更甚。第二是形貌之欲。第三是威仪之欲。第四是她有姿态之欲，她喜欢装模作样。第五她喜欢说话有言语欲。第六她有音声欲，爱唱歌作乐。第七她有细滑欲，爱细滑的东西。第八是人相之欲，喜欢强壮和庄严的身相。看来女人对于世界的欲念欲望比男子多而容易。像英国的俗语说："男子需要的很少，并且不难使他满足，但女人——是可爱的——要她所见一切的东西。（Man wants but little here below, and is not hardtoplease. But Woman—bless her little heart—Wants everything she sees.）这也含有女子欲望比男子多的意思。

上头所讲都是关于女子心理和生理方面在佛教上的见解。别的宗教差不多也有相同的见解，不过没有像佛教说得这样透澈。佛教对于女子多持鄙薄的态度，但是它并非看轻女人。因为女人的生理与心理在宗教看来是与男子不一样的。男子能够守宗教的规律，如果与女人亲近，他就有把一切的戒律都丢掉的危险。总而言之，在修行上，宗教家不得不呵斥女人。但佛教的呵斥是先斥女人，然后约束自己，这和耶稣所说："看见妇女就动淫念的，这人心里已经与她犯了奸淫了。"（《马太》五·二八）的态度完全不一样。

　　在经济方面，宗教对于婚姻和妇女解放问题有什么见解和主持什么态度呢？论到这一点我便要看宗教对于女人的本分的态度。也可以说这是宗教对女子经济生活的态度。女子经济独立不过是近世纪的新运动，故并没注意到这一点，以古人的见解为神怪的宗教当然没想到要主张什么，它不过照着流俗所要求的女人本分加入一种神圣的规律而已。现在先拿印度婆罗门教来说说。婆罗门教对于个人过结婚的生活男女都是应该的，在《曼奴法典》（印度古来的法典到现在英国还采用这个法典来作根本的法律）里头说丈夫是妻的主人，等于我们中国所说丈夫是妻子的"所天"的态度一样。妻子不能怠慢丈夫，就是丈夫把他的爱移给别人，她也不能够不爱他。在宗教的圣典里，也这样说，丈夫如果死了，妻子也不能再嫁，最好是跟他一块死，如果她再嫁，她就不能够死后同她前丈夫活在同一个天堂里。所以女人再嫁，将来就不能见她以前的丈夫了。女人不能独立。在印度的法律上，女子没有承继权，丈夫死了她就跟她的最大的儿子过活，与中国"夫死从子"的意思一样。但是我们不能怨《曼奴法典》所讲的，因为它里头也有讲敬重女人的事情。它说，"丈夫如果待他的妻子不好，教妻子不高兴，那圣火一定会灭掉。圣火就是供神的火。假如妻子有时候不喜欢家庭，那么所有的东西都灭亡了。"所以丈夫妻子必要相爱才能成就宗教的本性。佛教的成具光明定意经也举出贤女居家二十事，所谓：

(1) 持戒不毁；

(2) 捐妒心；

(3) 减镮钏之好；

(4) 除脂粉之饰；

(5) 无姿态；

(6) 衣服真纯不奢；

(7) 育养室内以慈；

(8) 奴婢不加楚痛；

(9) 摄护孤独，衣食平等；

(10) 孝事上，仁接下；

(11) 下声下意自责；

(12) 谦卑知惭愧；

(13) 清净香洁施姑父母，供养三尊师友；

(14) 亲疏善恶，无差别相；

(15) 一人在私室不念欲；

(16) 精一心常在法；

(17) 所欲报所尊，然后乃行；

(18) 无专心诚身会如正法；

(19) 不垣窥有邪念；

(20) 坐起言语终不调戏常应法律而无轻失。

波斯是这样主张，男女婚姻都是应该的，男女都可以要求父母在成年的时候给他找一个妻子或是丈夫。在波斯教里头女子嫁了丈夫以后在宗教上所要行的责任是什么呢？她就要像念祈祷文一样每天早晨问她的丈夫九次说，你要我最好干什么事情呢？男子就总说让她施舍做好事等等，她就照样去做，所以每天早晨必得向丈夫说这样相同的话说九次。这是表示妻子尊重丈夫的意思。女人应当时常敬重丈夫。后来的《圣颂》（Gatha）把女人的地位提得很高，女人甚至于有绝对的自由来选择她们所爱的男子。

我们讲婚姻的态度同对于女子的态度不能不看看回教。回教是被人看为看不起女人的宗教，因为回教是主张多妻主义的。但是这个问题，社会学者还有怀疑，到底它是否有利益，还待研究。在回教里女人没有地位，但是自从摩哈默德以来，把阿拉伯女人的地位已经提高了。因为女子在阿拉伯受许多宗教的束缚，社会的束缚，不能自由。在现在的回教国家，像土耳其，埃及，他们的上等女人大多数都能够受教育。回教社会里女人有绝对的自由可以选择她爱的男子。自然在宗教上承认男子可以同时娶四个妻子，她们不是妾，是四个平等妻，不像中国的多妾制度一样。

基督教对于女人的态度有许多地方好像是带罗马色彩的。罗马的女人观整份地搬到基督教来用。罗马的女人虽说是很自由，但是地位很低。就是现在的欧洲女子，都免不了受罗马法律所影响。她们从一般的眼光看来很高。但实际上她们并不比东方女子的地位高到若干程度。在罗马女人被她的丈夫看待像自己的女儿，由丈夫教训她，管束她。但在基督教以前，罗马人对于婚姻的见解却好多了。当时的结婚的定义说："结婚是男女的结合，是生活的完全团体，是在神圣和人间的法律里的连合的共享。"(Marriage is the union of man and woman, complete community of life, joint participation in divine and human law) 所以在《新约圣经》里耶稣也持这种态度。我们看《马太福音》第五章三十二节所讲的，"耶稣说人若休妻就当给她休书。凡休妻的若不是为淫乱的缘故，就叫她做了淫妇了。人若娶了这个被休的妇人也是犯了奸淫了。"所以他看男子同女子都是平等的。男子不应当无故休妻，不应当强迫女子做淫妇，强迫人的也是罪人。《马太》第十九章第三节也是讲："有人问耶稣休妻是对不对？耶稣回答他说：那时起初造人是造一男一女，并且说因此人要离开父母同妻子连合，两人成为一体。所以上帝连合的，人不可分开他。"在《马太福音》里也是这样说。

所以在基督教里面，我们从《新约》可以知道它有两派，一派是耶稣，另一派是耶稣的使徒保罗，保罗是看不起女人的。他说女人在会堂上不能说话，这也许是因为当时的景况的缘故。但是耶稣就不同，他很鼓励女人在社团里活动。在基督教的初期，寡妇很占势力，我们稍微研究教会史便知道。

佛教对于妇女的行为除了上面所说的，我们还有它对于丈夫应当做五件事情来爱他的妻子而妻子也应当做十三件事情来爱她的丈夫的条件。丈夫的五件事情是什么呢？第一是怜爱；第二是不要轻慢她；第三是给她买衣服穿买装饰品，因为女子是爱装饰的；第四是自在，就是使她在家中可以舒服自在；第五是念妻子的亲人。丈夫对妻子做五件事情可以换得妻子对于他做的十三件。第一妻子要敬重怜爱她的丈夫；第二她应当敬重供养她的丈夫；第三要思念她的丈夫，不可思念别人；第四要主理家事；第五是要服侍丈夫；第六是要赡侍；第七是要受行，就是受丈夫指导做事情；第八是要诚实；第九不禁制门，就是不要阻止丈夫出外；第十要常常赞美她的丈夫；第十一是丈夫在家的时候她要为他铺床，就是他睡的地方，坐的地方，也要为他预备好；第十二是要预备好吃的东西给丈夫吃；第十三是供养沙门和尚，或是为宗教行乞的梵志。所以在宗教里面对于夫妇的态度，都是说明妻子要照丈夫所说的去做，丈夫要怎样做就怎样做。

以上三种宗教的妇女观以外，还有一种不讲理的成见，也可以在此地略为说说。这个成见，在各个宗教里都有，不过在佛教里比较地重一点。《玉耶经》说女人身中有十恶事，所谓：（1）女人初生，父母不喜；（2）养育无滋味；（3）心常畏人；（4）父母恒爱嫁娶；（5）父母生相离别；（6）常畏失夫苦心；（7）产子甚难；（8）小为父母所检录；（9）中为夫所禁制；（10）老为儿所呵。所以《智度论》（二四）说：女人不作轮王，及佛，因为："一切女人皆属男子，不得自在故。"佛经里每说女人不得做五种人物：第一，她不能做佛；第二，不能做转轮王；第三，不能做天帝释；第四，不能做魔王；第五，不能做梵天。（《六度集经》六；《五分律》二九；《中阿含》二八；《智度论》二九；《增一阿含》三八）宗教对于女人的态度多半是根据一般的成见加以系统的解释，现在我们再看看宗教为什么对于女子看不起，看它有什么哲学在里头。凡是宗教的成立都离不了四种的条件。宗教是社会的宣传部，凡是社会有什么意见，它就马上代它去宣传。这四种条件是什么呢？第一对于个人生命的尊重，所以宗教都不要人杀生或是杀人。第二是个人财产的尊重，不要偷东西，如果偷东西是反对社会，所以宗教的见解是要作不偷盗宣传。第三是性的生活的尊重，所以劝人不要奸淫。第四是社会秩序的尊重，劝人服从权威。现在我们要讨论的是第三条件。关于两性问题宗教是怎样呢？严格的规定起来，因为宗教是超世界的，所以它要呵斥女人。但是在宗教里面对于女人的观念有两种看法：第一是信宗教的，所谓居士或信者；第二就是行者，以身修行的人。他不但是信并且去行，照着宗教所规定的生活去过。所以在信者同行者两方面，对于女人的态度，应当有不同的地方。宗教对于女人的态度，在行者是要他离开女人。所以有许多宗教都主张修道者要终身守独身主义，不结婚；或者妻子死后就不再娶。像天主教的神父是永不结婚的，佛教的和尚也是一样。这种态度是宗教普通的现象。在《宝积经》（四四）里说："摄受妻妾女色，即是摄受怨仇，摄受地狱，傍生，鬼趣等。"如果亲近了女人，就常常有冤家在一块来作对，到坠到傍生，或是鬼趣的境地。所以在《正法念经》它说："出家法不近亲属，亲属心著，如火如蛇。"亲属连女人在内，会像火把你烧了，或像蛇把你咬了。若用佛教行者的眼光来看女人，女人就有几种名字。第一是"女衰"就是女子能够使人衰败；所有衰败之中这个最为重大。第二是"女缳"就是像把锁一样，把修道者锁得很坚固，使他不能解脱。第三是"女病"从女子方面可以使得病，而且是极坏的病。第四是"女贼"女人是贼，比蛇还难捉住，她偷了男子很宝贵的灵性，她是不可亲近的。所以《智度论》（一四）说，"女缳难解；女病难脱；女贼害人。"宗教所以看不起女人是要叫它的行者保持独身主义，并不叫一般的信者去实行与女人断绝关系。在行者是要他坚持他这样的宗教生活，所以说女人是这样不好。可是在信者方面，宗教还是主张男女过相爱相亲的生活。这种见解并没有什么特别，就是以社会的意见为转移，凡是社会说是好的，它就说好，说不好的，就说不好。它是没有成见的，社会看重女人，它也看重女人。

在纯粹的宗教生活上根据什么原则说女色不好呢？《诃欲经》说："女色者，世间之枷锁，凡夫恋着，不能自拔。女色者，世间之重患，凡夫困之，至死不免。女色者，世间之衰祸，凡夫遭之，无死不至。"所以《诃欲经》主张离开女人，还说世间有四样是能迷惑人的，第一样是名誉，第二样是财宝，第三样是权力威权，第四样就是女人。《僧祇律》（一）说："天下可畏，无过女人，财政伤德，靡不由之。"《正法念经》（五四）也说："妇女如雹，能害善苗。"《善见律》（一二）也说："女人是出家人怨家。"《大毗婆娑论》（一）也说："女是梵行垢。"

在一方面看，我们要原谅宗教，宗教是超人生活，它要行者在生活上做出一种更重要的工作；所以不能叫他过平常的生活。要过宗教的生活，就要牺牲他一切，并没有所要求。所以要牺牲金钱。牺牲名誉。但牺牲性欲是最大的牺牲，因为它是最重要的，性欲所能给的愉快要比一切的愉快大得多。所以牺牲性欲，在宗教行者方面看来，是一种表现牺牲的精神。所以女人是被行者所厌鄙的。这是第一点。第二点，女人是生育之本，尤其是佛教的态度；以为生育是绝对的痛苦。人生若要解脱痛苦就当灭绝生育。生育就连累子孙受孽。因为女人会生育，所以在佛教人厌恶她。当年释迦牟尼的姨母也要出家，释迦牟尼就对她说是她不能出家，因为她是个女人，有许多的欲念，很难得着成就。后来虽然许她出家，可是不能像男人一样享受僧伽的权利。比丘尼要受长老比丘的教训和约束。她也不能公然地讲道。天主教的贞女，也是一样地不能公然在会堂里讲道。尼姑的地位不能同和尚一样，也是因为宗教是男子所有的，女子要过纯粹的宗教生活就得服从男子。印度古时的见解说女人的灵魂还不如一只象的灵魂。又佛教以为女人要先变男子才能够上天或成佛。《大集经》（五）说，"一切菩萨不以女业受身，以神通力，现女身耳。"这是表示菩萨虽也会现女身，但都是由于神通力所化，并不真是女人。《大集经》说的"宝女于无量劫已离女身"的意思也是这样。

宗教的信士，如佛教所谓梵志（Brahmacaring），就是行梵行的人。他一生也不犯奸淫。印度人在他的一生必要过四种或三种生活，第一是梵志时期，第二是居士时期，第三个是隐士时期，第四是乞士时期。自八岁至到四十八岁的时候是梵志时期，他要过一种精神的生活，或是宗教的生活，受一个志诚的人来指导他。他在这四十年之中不能亲近女色，如果亲近女色就是非梵行，这个若在佛教里就是犯了婆罗夷罪。过了这个时期，他就可以在两种生活中自由地选择一种，或是做居士（Grihapati），或是做隐士（vamprastha），做居士的可以结婚过在家的生活；做隐士就不结婚，独居林中，为灵性上较深的修养。到了老年便可以做乞士（sanyasin）。第一和第四种是强迫的，凡人在少年时代都得去当梵志，到老年时代去当乞士。

行者对于女人为什么要厌弃？不，与其说厌恶，毋宁说是舍弃。在这里，我们应当注意三点。

第一，如果要过纯粹的宗教生活，必定要舍弃色欲，情爱，和一切欲望如名誉，金钱等。行者如不能舍弃这些欲念，他一生就要困在烦恼之中，就不能求上进。一个行者或过纯粹宗教生活的人，最重要的德行便是牺牲，而一切牺牲中，又以色情的牺牲为最难行。自然为利他而牺牲自己的生命，是最大的牺牲，但完成这种功行的时间远不如牺牲色情那么难过和那么多引诱或反悔的机会。所以出家人每说他们割爱出家都为成就众生一切最上的利益的缘故。退一步说，两性生活所给愉快，从肉感上说，是一切的愉快所不能比拟的。能够割爱才能舍弃世间一切物质的受用，如若不能，别的牺牲也不用说了。有爱染，便有一切的顾虑，有顾虑，终归要做色情的奴隶，终不能达到超凡入圣的地步。

第二，要趋避色情发动的机会，自然要去过出家生活。加以修道的人，行者都是要依赖社会来供养他，如果他带着一家人去过宗教生活，在事实上一定很困难，因为他要注意他家里的事情，和担负家庭经济的责任，分心于谋生的事业，是不能修行的。这是属于经济方面，家庭生活对于行者不利之处。而且男女的性情有许多地方是不同的，在共同生活中，难免惹起许多烦恼。宗教是不要人动性动情的，凡是修道的都应该以身作则，情感发动的机会愈少愈好。在家生活很容易动情感，所以从这个立场上看，宗教是反对一个行者，或是牧师神父等等，去过结婚生活。这是属于性情方面，家庭生活于修行者不利之处。所以不结婚就可以减轻行者经济的担负，也教他爆发情感的机会少。一个人若是要求少，情感的爆发也就少了。

第三，出家可以断绝生育，或减少儿女的担负。在实际方面讲，如果有了妻子就难免会生儿女，有了儿女就要为他们去经营各样活计，因为儿女的缘故必得分心不能安然过他的出世生活。这一点本来也可以当作经济的担负看，但从佛教看来，生育是一种造业，世间既是烦恼和苦痛的巢窟，自己已经受过，为什么还要产生些子女迫他们去受呢？有子女的人自己免不了有相当的痛苦，在子女方面也免不了有相同的感觉。佛教对于这一点，在它的"无生"的教义里头讲得很明白。使女人怀胎已经可以看为一种贪恋世界生活的行为，何况生育子女。

宗教以为男子修行当过独身生活，为的是免去种种的关系。它对于女子的态度也是如此。宗教也承认女人也可以同男子一样地过宗教的生活。如果一个女人嫁了丈夫，她一定受丈夫的束缚，一定不能自由，和非常苦恼。至于生育子女的事情就更不必说了。所以女人出了家，也可以避免许多束缚和灭掉许多烦恼。

　　出家人为表示他的决心，所以要把他的形貌毁了，像和尚和尼姑都要把头发剃掉是一个显然的例子。男子与女子要把容貌毁了然后能够表示修道者的威仪。宗教对于女人的态度总说起来，所以有两种看法。第一是信者的看法，这不过照社会所给宗教的意见，去宣传，它并没有多少成见。第二是对行者的看法。它是要保护行者在修道上不发生很大的障碍，所以说女人是不好的。这都是因为宗教是男子所设立的，在立教的时候，女子运动或女子一切问题都还没发生出来，自然不能不依着社会以为女子应当怎样或应当是怎样去说。宗教没了解女子，乃是在立教时社会没了解女子所致。我们知道社会也是男子的社会，看轻女子的现象是普遍的，不单是宗教的错处。假使现在有产生新宗教的需要与可能，我敢断定地说它对于女子态度一定不像方才所说的，最少也要当她做与男子一样的人格，与男子平等和同工的人。在事实上许多宗教已经把它们轻看女子改过来了。

1941 年 6 月

十九世纪两大社会学家的女子观

十九世纪以前，女子还是在无的界里头生活，从没有人想到她们的地位真是居于何等的。到了一七九〇年 ㄇㄟㄌㄦㄙ ㄅㄌㄩㄚㄈㄊ（Mary Wollstonecraft）写了一本女权的申辩（The Vindication of the Rights of Women），那时节女子才从那黑暗的深洞渐渐地走出来。到了十九世纪，女子的生活就光明得多，她们在社会里头种种的活动也更显然。当时虽有一派人主张男女的地位绝对的平等，但是一般的学者对于女子社会的活动的思想还是很顽固的。十九世纪的学者有女子社会的活动观，最占势力的可以分作两派：就是不宜派和不应派。

（一）不宜派。这派以孔德为代表。他以为女子的天性是服从的，所以除了同情和社交的自然职务以外，女子在事业上宜居于男子之下。孔德在青年的时代就觉得提高女子的地位的必要，他的感想，我们可以从他和ㄘㄙㄌ夫人（Madame de Vaux）的交情中间得着一点端倪。他信女子在改造的社会里头能够占很重要的地位，但是她们要在社会的和政治的事业上头受拒绝。因为女子对于这些事业很不相宜，她们除此以外，还要履行一种更重要的职务。

女子要履行那种更重要的职务是什么呢？孔德必要回答说：家庭的组织是女子最重要的职务。要教女子适应她们的职务，就该抬举她们，教她们身心两方面都能得着完全的教育。女子身心的健康是孔德的社会计划的要点。社会多靠着女子的感力的引领，才能够达到那文化的最高点，社会的存在也就因此而有价值哪。女子的感力必要出乎男子之上的。她们的感力是什么呢？就是情爱。除此以外，恐怕没有别的事体比这种感力更大的了。女子由情爱可以教男子的活动力得着纯洁。孔德说："情爱的能力达到最高的地位的时候，可以教知识的活动的能力接续地服从于感情之下。女子好像人道和人中间的自然的媒介一样。大存在（The Great Being）将道德的旨意特别地托付她们，教她们支持一般的情爱的直接的和恒久的教化；在思想或动作里头所有一切的纷扰，她们常常地教男子由那势力的中间退出来。……在各个女子加于男子的同一的感力以外，女子要遣送男子归到人道里头，这是女子的最重要的和最困难的职务。我们做男子的，各人应当站在这种特别的保护者之一的下面，认她为天使，要答应她，让她领我们直到那大存在之前。"

孔德因他的积极教的感想，所以对于等等的事物常含着他的教义在里头。他看女子好像男子的道德上的祭司一样。用普通的言说，女子就是道德的保护者。这保护者可以分作三种模型，就是母，妻，和女儿。这三种人物和服从、协和和保护的态度与男子结合，她们可以把男子在过去、现在和未来的时代的历程连续下来。孔德说："由我脑想中的理论看起来，女子的三种模型化的阶级是和我们的三种利他的本能连合的，这三种利他的本能就是尊敬（Veneration）、爱恋（Attachment），和仁慈（Benevolence)。"他把女子精神上和道德上的地位看得过高，所以把男女同具的社会的活动的本能忽略了。有人误解孔德所说女子的服从是奴隶的，其实他自己并不是这样看法，总而言之，他的女子观所以偏颇的原因，是因于积极教的人道主义构成的。我们略略知道不宜派的观念，再看一看不应派的见解是怎样的罢。

（二）不应派。这派以斯宾塞为代表。他主张女子的心理的和生理的组织和男子不同，所以不应当教她们和男子一样地在社会里活动。斯宾塞以为男子长成较迟女子长成较早的原故，是因为女子要节省生长力来供给生育的需用。至于心理方面，女子有两件事宜是比不上男子的。第一件是女子的心量不及男子所涵的广；第二件是女子的情感和理想不及男子的健全。因为等等的差异，女子虽然是社会中的单位，她们的工作却不能不和对待的男子异其趋向。斯宾塞要将保存种族的责任加在女子身上，就说保育婴儿是她们的职务，也是她们的特能。女子照着这种特能去发展就够了，其他的事情不去过问是不要紧的，也是不应该的。

女子不但是生理上和心理上的组织与男子有区别，就是强弱的差异也是很显然的。斯宾塞由社会进化论的说法解明男女的强弱所以差异的原故，他说女子的软弱可以分作四个阶级和呈出四种心理的现象。第一，因为原始时代女子多半是赃物或是财产，她们寄身于凶恶的男子的权力之下，不能不低首下心地讨男子的喜欢。第二，因为女质遗传的关系，女子在积威之下就形成一种讨人喜欢和爱好自然的女性。第三，女子因为寄身人下的原故，所以凡事都要矫情、女子能说很圆滑的言辞就是矫情的特征。第四，女子因着自卫的心理的发达，所以善于窥探别人的意思。这四种现象，就是女子积弱的原因。女子觉得她们自己的软弱，因此生出一种爱护权力的心思，她们的宗教的感情极强，在政治上女子到底是比男子更尊崇势力和权威的。

女子既然是尊崇权势，她们对待等等的事物也就偏于情和爱的方面，至于公义的观念却不甚明显。斯宾塞说："男子遇事先义而后仁，女子则多仁而少义，和女子讲哀悯则可，若是论到公处就没有益处啦。"斯宾塞看女子的公义心很薄弱，所以反对女子受持政权。他说："女子的理想常偏于具体的而略于抽象的，若是教她们参政，她们必要用治家的方法来治国。用对待子女的方法来对待国民。况且女子畏神的心常过于男子，她们常存着纲纪等威的见地。若是办起事来，定然显出侵犯人民的自由的倾向。"他又说："女子的政治常存着目前的利益，喜欢用律法和禁令去裁制人民，日后的弊端，是她们想不到的。她们敬上的感情过于男子，所以不十分爱护自由。"斯宾塞用这种眼光去观察女子，难怪他反对女权在社会方面和政治方面的发展。由我们现在的见地评起来，他的主张也是很偏颇的。

我们对于孔德和斯宾塞的意见，可以说，一个是过于看重女子，抬举之惟恐不高；一个是过于看轻女子，屏斥之惟恐不严。这两种见地不合乎"中庸之道"是显而易见的。说女子不宜于社会的和政治的活动，还有商榷的地步；若说她们不应当有，那岂不是大武断吗？斯宾塞既然知道女性的形成是由于积弱而来，怎么不会想到变更女子的境遇可就有挽救的余地呢？可惜他不曾见过女子固有的社会本能在二十世纪大大地发展，若是让他多活十几年，他必要悔改了。我要劝劝那些反对女子社会活动的人，要用二十世纪的眼光去观察女子，不要用十九世纪的思想来张罗，因为那些思想都过去了。

国粹与国学

"国粹"这个名词原是不见于经传底。它是在戊戌政变后，当"中学为体，西学为用"底呼声嚷到声嘶力竭底时候所呼出来底一个怪口号。又因为《国粹学报》底刊行，这名词便广泛地流行起来。编《辞源》底先生们在"国粹"条下写着："一国物质上，精神上，所有之特质。此由国民之特性及土地之情形，历史等，所养成者。"这解释未免太笼统，太不明了。国民的特性，地理的情形，历史的过程，乃至所谓物质上与精神上的特质，也许是产生国粹底条件，未必就是国粹。陆衣言先生在《中华国语大辞典》里解释说，"本国特有的优越的民族精神与文化"，就是国粹。这个比较好一点，不过还是不大明白。在重新解释国粹是什么之前，我们应当先问条件。

（一）一个民族所特有的事物不必是国粹。特有的事物无论是生理上的，或心理上的，或地理上的，只能显示那民族底特点，可是这特点，说不定连自己也不欢喜它。假如世间还有一个尾巴底民族，从生理上底特质，使他们底尾巴显出手或脚底功用，因而造成那民族底精神与文化。以后他们有了进化学底知识，知道自己身上底尾巴是连类人猿都没有了底，在知识与运动上也没有用尾巴底必要，他们必会厌恶自己底尾巴，因而试要改变从尾巴产出来底文化。用缺乏碘质底盐，使人现出粗颈底形态，是地理上及病理上的原因。由此颈腺肿底毛病，说话底声音，衣服底样式，甚至思想，都会受影响的。可是我们不能说这特别的事物是一种"粹"，认真说来，却是一种"病"。假如有个民族，个个身上都长了无毒无害的瘿瘤，忽然有个装饰瘿瘤底风气，渐次成为习俗，育为特殊文化，我们也不能用"国粹"底美名来加在这"爱瘿民族"底行为上。

（二）一个民族在久远时代所留下底遗风流俗不必是国粹。民族底遗物如石镞，雷斧；其风俗，如种种特殊的礼仪与好尚，都可以用物质的生活，社会制度，或知识程度来解释它们，并不是绝对神圣，也不必都是优越的。三代尚且不同礼，何况在三代以后底百代万世？那么，从久远时代所留下底遗风流俗，中间也曾经过千变万化，当我们说某种风俗是从远古时代祖先已是如此做到如今底时候，我们只是在感情上觉得是如此，并非理智上真能证明其为必然。我们对于古代事物底爱护并不一定是为"保存国粹"，乃是为知识，为知道自己的过去，和激发我们对于民族底爱情。我们所知与所爱底不必是"粹"，有时甚且是"渣"。古坟里底土俑，在葬时也许是一件不祥不美之物，可是千百年后会有人拿来当做宝贝，把它放在紫檀匣里，在人面前被夸耀起来。这是赛宝行为，不是保存国粹。在旧社会制度底下，一个大人物底丧事必要举行很长时间底仪礼，孝子如果是有官守底，必定要告"丁忧"，在家守三年之丧。现在底社会制度日日在变迁着，生活底压迫越来越重，试问有几个孝子能够真正度他们底"丁忧"日子呢？婚礼底变迁也是很急剧的。这个用不着多说，如到十字街头睁眼看看便知道了。

（三）一个民族所认为美丽底事物不必是国粹。许多人以为民族文化的优越处在多量地创造各种美丽的事物，如雕刻，绘画，诗歌，书法，装饰等。但是美或者有共同的标准，却不能说有绝对的标准底。美底标准寄在那民族对于某事物底形式，具体的、或悬象的好尚。因好尚而发生感情，因感情底奋激更促成那民族公认他们所以为美的事物应该怎样。现代的中国人大概都不承认缠足是美，但在几十年前，"三寸金莲"是高贵美人的必要条件，所谓"小脚为娘，大脚为婢"，现在还萦回在年辈长些的人们的记忆里。在国人多数承认缠足为美的时候，我们也不能说这事是国粹，因为这所谓"美"，并不是全民族和全人类所能了解或承认底。中国人如没听过欧洲的音乐家歌咏，对于和声固然不了解，甚至对于高音部底女声也会认为像哭丧底声音，毫不觉得有什么趣味。同样地，欧洲人若不了解中国戏台上底歌曲，也会感觉到是看见穿怪样衣服底疯人在那里作不自然的呼嚷。我们尽可以说所谓"国粹"不一定是人人能了解底，但在美底共同标准上最少也得教人可以承认，才够得上说是有资格成为一种"粹"。

从以上三点，我们就可以看出所谓"国粹"必得在特别，久远，与美丽之上加上其它的要素。我想来想去，只能假定说：一个民族在物质上，精神上与思想上对于人类，最少是本民族，有过重要的贡献，而这种贡献是继续有功用，继续在发展底，才可以被称为国粹。我们假定底标准是很高的。若是不高，又怎能叫做"粹"呢？一般人所谓国粹，充其量只能说是"俗道"底一个形式（俗道是术语 Folk－Ways 的翻译，我从前译做"民彝"）。譬如在北平，如要做一个地道的北平人，同时又要合乎北平人所理想的北平人底标准底时候。他必要想到保存北平底"地方粹"，所谓标准北平人少不了底六样——天棚，鱼缸，石榴树，鸟笼，叭狗，大丫头，——他必要具备。从一般人心目中的国粹看来，恐怕所"粹"底也像这"北平六粹"，但我只承认它为俗道而已。我们底国粹是很有限的，除了古人底书画与雕刻，丝织品，纸，筷子，豆腐，乃至精神上所寄托底神主等，恐怕不能再数出什么来。但是在这些中间已有几种是功用渐次丧失的了。像神主与丝织品是在趋向到没落底时期，我们是没法保存的。

这样"国粹沦亡"或"国粹有限"底感觉，不但是我个人有，我信得过凡放开眼界，能视察和比较别人底文化底人们都理会得出来。好些年前，我与张君劢先生好几次谈起这个国粹问题。有一次，我说过中国国粹是寄在高度发展底祖先崇拜上，从祖先崇拜可以找出国粹底种种。有一次，张先生很感叹地说："看来中国人只会写字作画而已。"张先生是政论家，他是太息政治人才底缺乏，士大夫都以清谈雅集相尚，好像大人物必得是大艺术家，以为这就是发扬国光，保存国粹。《国粹学报》所揭露底是自经典底训注或诗文字画底评论，乃至墓志铭一类底东西，好像所萃底只是这些。"粹"与"学"好像未曾弄清楚，以致现在还有许多人以为"国粹"便是"国学"。近几年来，"保存国粹"的呼声好像又集中在书画诗古文辞一类底努力上；于是国学家，国画家，乃至"科学书法家"，都像负着"神圣使命"，想到外国献宝去。古时候是外国到中国来进宝，现在的情形正是相反，想起来，岂不可痛！更可惜的，是这班保存国粹与发扬国光底文学家及艺术家们不想在既有的成就上继续努力，只会做做假骨董，很低能地描三两幅宋元画稿，写四五条苏黄字帖，做一二章毫无内容底诗古文辞，反自诩为一国底优越成就都荟萃在自己身上。但一研究他们底作品，只会令人觉得比起古人有所不及，甚至有所诬蔑，而未曾超越过前人所走底路。"文化人"底最大罪过，制造假骨董来欺己欺人是其中之一。

我们应当规定"国粹"该是怎样才能够辨认，哪样应当保存，哪样应当改进或放弃。凡无进步与失功用底带"国"字头底事物，我们都要下工夫做澄清底工作，把渣滓淘汰掉，才能见得到"粹"。从我国往时对于世界文化底最大贡献看来，纸与丝不能不被承认为国粹。可是我们想想我们现在的造纸工业怎样了？我们一年中要向外国购买多量的印刷材料。我们日常所用的文具，试问多少是"国"字头底呢？可怜得很，连书画纸，现在制造底都不如从前。技艺只有退化，还够得上说什么国粹呢！讲到丝，也是过去的了。就使我们能把蚕虫养到一条虫可以吐出三条底丝量，化学底成就，已能使人造丝与乃伦丝夺取天然丝底地位。养蚕文化此后是绝对站不住底了。蚕虫要回到自然界去，蚕箔要到博物院，这在我们生存底期间内一定可以见得着底。

讲到精神文化更能令人伤心。现代化的物质生活直接和间接地影响到个个中国人身上。不会说洋话而能吃大菜，穿洋服，行洋礼底固不足为奇，连那仅能维系中国文化底宗族社会（这与宗法社会有点不同），因为生活底压迫，也渐渐消失了。虽然有些地方还能保存着多少形式，但它底精神已经不是那么一回事了。割股疗亲底事固然现在没人鼓励，纵然有，也不会被认为合理。所以精神文化不是简单地复现祖先所曾做，曾以为是天经地义底事，必得有个理性来维系它，批评它，才可以。民族所遗留下来底好精神，若离开理智的指导，结果必流入虚伪和夸张。古时没有报纸，交通方法也不完备，如须"俾众周知"底事，在文书底布告所不能用时，除掉举行大典礼、大宴会以外，没有更简便的方法。所以一个大人物底殡仪或婚礼，非得铺张扬厉不可。现在的人见闻广了，生活方式繁杂了，时间宝贵了，长时间底礼仪固然是浪费，就是在大街上吹吹打打，做着夸大的自我宣传，也没有人理会了。所谓遵守古礼底丧家，就此地说，雇了一班搽脂荡粉底尼姑来拜忏，到冥衣库去定做纸洋房，纸汽车乃至纸飞机；在丧期里，聚起亲朋大赌大吃，鼓乐喧天，夜以继日。试问这是保存国粹么？这简直是民族文化底渣滓，沉淀在知识落后与理智昏愦底社会里。在香港湾仔市场边，一到黄昏后，每见许多女人在那里"集团叫惊"，这也是文化底沉淀现象。有现代的治病方法，她们不会去用，偏要去用那无利益的俗道。评定一个地方底文化高低不在看那里底社会能够保存多少样国粹，只要看他们保留了多少外国的与本国的国渣便可以知道。屈原时代底楚国，在他看是醉了底，我们当前的中国在我看是疯了。疯狂是行为与思想回到祖先底不合理的生活，无系统的思想与无意识的行为底状态。疯狂的人没有批评自己底悟性，没有解决问题底能力，从天才说，他也许是个很好的艺术家或思想家，但决不是文化底保存者或创造者。

要清除文化的渣滓不能以感情或意气用事，须要用冷静的头脑去仔细评量我们民族底文化遗产。假如我们发现我们底文化是陈腐了，我们也不应当为它隐讳，愣说我们所有的一切都是优越的。好的固然要留，不好的就应当改进。翻造古人底遗物是极大的罪恶，如果我们认识这一点，才配谈保存国粹。国粹在许多进步的国家中也是很讲究底，不过他们不说是"粹"，只说是"国家的承继物"或"国家的遗产"而已（这两个辞的英文是 National Inheritance，及 Legacy of the Nation。）。文化学家把一国优越的遗制与思想述说出来给后辈的国民知道，目的并不在"赛宝"或"献宝",像我们目前许多国粹保存家所做底,只是要把祖先底好的故事与遗物说出来与拿出来,使他们知道民族过去的成就,刺激他们更加努力向更成功的途程上迈步。所以知识与辨别是很需要的。如果我们知道唐诗,做诗就十足地仿少陵,拟香山,了解宋画,动笔就得意地摹北苑,法南宫,那有什么用处?纵然所拟底足以乱真,也不如真的好。所以我看这全是渣,全是无生命底尸体,全是有臭味底干屎橛。

我们认识古人底成就和遗留下来底优越事物,目的在温故知新,绝不是要我们守残复古。学术本无所谓新旧,只问其能否适应时代底需要。谈到这里,我们就检讨一下国学底价值与路向了。

钱宾四先生指出现代中国学者"以乱世之人而慕治世之业",所学底结果便致"内部未能激发个人之真血性,外部未能针对时代之真问题"。这话,在现象方面是千真万确,但在解释方面,我却有些不同意见。我看中国"学术界无创辟新路之志趣与勇气"底原因,是自古以来我们就没有真学术。退一步讲,只有真学术底起头,而无真学术底成就。所谓"通经致用"只是"做官技术"底另一个说法,除了学做官以外,没有学问。做事人才与为学人才未尝被分别出来。"学而优则仕",显然是鼓励为仕大夫之学。这只是治人之学,谈不到是治事之学,更谈不到是治物之学。现代学问底精神是从治物之学出发的。从自然界各种现象底研究,把一切分出条理而成为各种科学,再用所谓科学方法去治事而成为严密的机构。知识基础既经稳固,社会机构日趋完密,用来对付人,没有不就范底。治人是很难的,人在知识理性之外还有自己的意志,与自己的感情意气,不像实验室里的研究者对付他的研究对象,可以随意处置底。所以如不从治物与治事之学做起，则治人之学必贵因循，仍旧贯，法先王。因循比变法维新来得更有把握，代表高度发展底祖先崇拜底儒家思想，尤其要鼓励这一层。所谓学问，每每是因袭前人而不敢另辟新途。因为新途径的走得通与否，学者本身没有绝对的把握，纵然有，一般人底智慧，知识，乃至感情意气也未必能容忍，倒不如向着那已经有了权证而被承认底康庄大道走去，既不会碰钉，又可以生活得顺利些。这样一来，学问当然看不出是人格底结晶，而只为私人在社会上博名誉，占地位底凭借。被认为有学问底，不管他有底是否真学问或哪一门底知识，便有资格做官。许多为学者写底传记或墓志，如果那文中底主人是未尝出仕的，作者必会做"可惜他未做官，不然必定是个廊庙之器"底感叹，好像一个人生平若没做过官就不算做过人似地。这是"学而优则仕"底理想底恶果。再看一般所谓文学家所做底诗文多是有形式无内容底"社交文艺"，和贵人底诗词，撰死人底墓志，题友朋或友朋所有底书画底签头跋尾。这样地做文辞才真是一种博名誉占地位底凭借。我们没有伟大的文学家，因为好话都给前人说尽了，作者只要写些成语，用些典故，再也没有可用底工夫了。这样情形，不产生"文抄公"与"誉文公"，难道还会笃生天才的文豪，诞降天纵的诗圣么？

学术原不怕分得细密，只问对于某种学术有分得这样细密底必要没有。学术界不能创辟新路，是因没有认识问题，在故纸堆里率尔拿起一两件不成问题而自己以为有趣味底事情便洋洋洒洒地做起"文章"来。学术上的问题不在新旧而在需要，需要是一切学问与发明底基础。如果为学而看不见所需要底在哪里，他所求底便不会发生什么问题，也不会有什么用处。没有问题底学问就是死学问，就是不能创辟新途径底书本知识。没有用处底学问就不算是真学问，只能说是个人趣味，与养金鱼、栽盆景，一样地无关大旨，非人生日用所必需底。学术问题固然由于学者底知识底高低与悟力底大小而生，但在用途上与范围的大小上也有不同。"一只在园里爬行底龟，对于一块小石头便可以成为一个不可克服的障碍物，设计铁道线底工程师，只主要地注意到山谷广狭底轮廓；但对于想着用无线电来联络大西洋底马可尼，他底主要的考虑只是地球底曲度，因为从他底目的看来，地形上种种详细情形是可以被忽视底。"这是我最近在一本关于生物化学底书（W. O. Kermock and P. Eggleton；The Stuff We're of. pp. 15—16）里头所读到底一句话。同一样的交通问题，因为知识与需要底不同便可以相差得那么远。钱先生所举出的"平世"与"乱世"之学底不同点，在前者注重学问本身，后者贵在能造就人才与事业者。其实前者为后者底根本，没有根本，枝干便无从生长出来。我们不必问平世与乱世，只问需要与不需要。如有需要，不妨把学术分门别类，讲到极窄狭处，讲到极精到处；如无所需，就是把问题提出来也嫌他多此一举。一到郊外走走，就看见有许多草木我们连名字都不知道，其中未必没有有用的植物，只因目前我们未感觉须要知道它们，对于它们毫无知识还可以原谅。如果我们是植物学家，那就有知道它们底需要了。在欧美有一种种草专家，知道用哪种草与哪种草配合着种便可以使草场更显得美观，和耐于践踏，易于管理，冬天还可以用方法教草不黄萎。这种专门学问在目前的中国当然是不需要，因为我们底生活程度还没达到那么高，稻粱还种不好，哪能讲究到草要怎样种呢？天文学最老的学问，却也是最幼稚的和最新的学术，我们在天文学上的学识缺乏，也是因为我们还没曾需要到那么迫切。对于日中黑点底增减，云气变化底现象，虽然与我们有关系，因为生活方式未发展到与天文学发生密切关系底那步田地，便不觉得它有什么问题，也不觉得有研求底需要了。一旦我们在农业上，航海航空上，物理学上，乃至哲学上，需要涉及天文学底，我们便觉得需要，因为应用到日常生活上，那时，我们就不能说天文学是没有底了。所以不需要就没有学问，没有学问就没有技术。"不需无学，不学无术"，我想这八个字应为为学者底金言；但要注意后四个字底新解说是不学问就没有技术，不是骂人底话。

中国学术底支离破碎，一方面是由于"社交学问"底过度讲究，一方面是为学人才底无出路。我所谓社交学问就是钱先生所谓私人在社会博名誉占地位底学问。这样的"学者"对于学问多半没有真兴趣，也不求深入，说起来，样样都懂，门门都通，但一问起来，却只能作皮相之谈。这只能称为"为说说而学问"，还够不上说"为学问而学问"。我们到书坊去看看，太专门的书底滞销，与什么 ABC、易知、易通之类底书底格外旺市，便可以理会"讲专门窄狭之学者"太少了。为学人才与做事人才底分不开，弄到学与事都做不好。做事人才只须其人对于所事有基本学识，在操业底进程上随着经验去求改进，从那里也有达到高深学识底可能，但不必个个人都需要如此底。为学人才注重在一般事业上所不能解决或无暇解决底问题底探究。譬如电子底探究，数理底追寻，乃至人类与宇宙底来源，是一般事业所谈不到底，若没有为学人才去做工夫，我们底知识是不完备的。欧美各国都有公私方面设立底研究所、学院，予学者以生活上相当的保障。各大学都有"学侣"的制度，使新进的学人能安心从事于学业。在中国呢？要研究学问，除非有钱、有闲，最低限度也得当上大学教授，才可说得上能够为学。在欧美底余剩学者最少还有教会可投；在中国，连大学教授也有吃不饱底忧虑。这样情形，繁难的学术当然研究不起，就是轻可的也得自寻方便，不知不觉地就会跑到所谓国学底途程上，这样的学者，因为吃不饱，身上是贫血的，怎能激发什么"真血性"；因为是温故不知新，知识上也是贫血的，又怎能针对什么"真问题"呢？今日中国学术界底弊在人人以为他可以治国学，为学底方法与目的还未弄清，便想写"不朽之作"，对于时下流行底研究题目，自己一以为有新发现或见解，不管对不对，便武断地写文章。在发掘安阳，发现许多真龟甲文字之后，章太炎老先生还愣说甲骨文都是假的！以章先生底博学多闻还有执着，别人更不足责了。还有，社交学问本来是为社交，做文章是得朋友们给作者一个大拇指看，称赞他几句，所以流行底学术问题他总得猎涉，以资谈助；讨论龟甲文底时候，他也来谈龟甲文，讨论中西文化底潮流高涨时，他也说说中西文化，人家谈佛学，他就吃起斋来，人家称赞中国画，他就来几笔松竹梅，这就是所谓"学风"底坏现象，这就是"社交学问"底特征。

钱先生所说"学者各榜门户，自命传统"，在国学界可以说相当地真。"学有师承"与"家学渊源"是在印板书流行之前，学者不容易看到典籍，谁家有书他们便负笈前去拜门。因为书底钞本不同，解释也随着歧异，随学底徒弟们从师傅所得底默记起来或加以疏说，由此互相传授成为一家一派的学问，这就是"师承"所由来。书籍流行不广的时代，家有藏书，自然容易传授给自己的子孙，某家传诗，某家传礼，成为独门学问，拥有底甚可引以为荣，因此为利，婚宦甚至可以占便宜，所以"家学渊源"底金字招牌，在当时是很可以挂得出来底。自印板书流行以后，典籍伸手可得，学问再不能由私家独占，只要有读书底兴趣，便可以多看比一家多至百倍千部底书，对于从前治一经只凭数卷抄本甚至依于口授乃不能不有抱残守阙底感想。现在的学问是讲不清"师承"底，因为"师"太多了，承谁底为是呢？我在广州曾于韶舞讲习所从龙积之先生学，在随宦学堂受过龙伯纯先生底教，二位都是康有为先生底高足，但我不敢说我师承了康先生底学统。在大学里底洋师傅也有许多是直接或间接承传着西洋大学者底学问底，但我也不敢自称为哲姆斯，斯宾塞，柏格森，马克思，慕乐诸位的学裔。在尊师重道的时代，出身要老师推荐，婚姻要问家学，所以为学贵有师承和有渊源，现在的学者是学无常师，他向古今中外乃至自然界求学问，师傅只站在指导与介绍知识底地位，不能都像古时当做严君严父看。印板书籍流行以后，聚徒讲学容易，在学问上所需指导的不如在人格上所需熏陶底多，所以自程朱以后，修身养性变为从师授徒底主要目标，格物致知退于次要地位。这一点，我觉得是很重要的。从师若不注意怎样做人底问题，纵然学有师承，也只能得到老师底死的知识，不能得到他底活的能力。我希望讲师承底学者们注意到这一层。

至于学问为个人私利主义，竞求温饱底话，我以为现在还是说得太早。在中国，社交学问除外，以真学问得温饱算起来还是极少数，而且这样的学者多数还是与"洋机关"有关系的。我们看高深学术底书籍底稀罕，以及研究风气底偏颇，便可理会竞求温饱底事实还有重新调查底余地。到外国去出卖中国文化底学者，若非社交的学问家便是新闻事业家。他们当然是为温饱而出卖关于中国底学问底。我们不要把外国人士对于中国文化底了解力估量得太高，他们所要底正是一般社交的学问家与新闻事业家所能供给底。一个多与欧美一般的人士接触底人，每理会到他们所要知道底中国文化不过是像缠足底起源，龙到底是什么动物，姨太太怎样娶法，风水怎样看法之类，只要你有话对他们说，他们便信以为真，便以为你是中国学者。许多人到中国来访这位，问那位，归根只是要买几件骨董或几幅旧画。多数人底意向并不在研究中国文化，只在带些中国东西回去可以炫耀于人。在外国批发中国文化底学者，他们底地位是和卖山东蓝绸或汕头抽纱底商人差不多，不过斯文一点而已。

在欧美底学者可以收费讲学，但在中国，不收费底讲学会，来听讲还属寥寥，以学问求温饱简直是不容易谈。这样为学只求得过且过，只要社会承认他是学者，他便拿着这个当敲门砖，管什么人格底结晶与不结晶。这也许是中国学者在社会国家上多不能为国士国师而成为国贼国狗，在学问上多不能成为先觉先知而成为学棍学蠹底一个原因罢。我取底是"衣食足而后知礼义"底看法，所以要说："得温饱才能讲人格。"中国学术界中许多人正在饥寒线底下挣扎着，要责备他们在人格上有什么好榜样，在学问上有什么新贡献，这要求未免太苛了。还有，得温饱并不见得就是食前方丈，广厦万间，只求学者在生活上有保障，研究材料底供给方便与充足就够了。须知极度满足的生活，也不是有识的学者所追求底。

学术除掉民族特有的经史之外是没有国界底。民族文化与思想底渊源，固然要由本国底经史中寻觅，但我们不能保证新学术绝对可以从其中产生出来。新学术要依学术上的问题底有无，与人间底需要底缓急而产生，决不是无端从天外飞来底。一个民族底文化底高低是看那民族能产生多少有用的知识与人物，而不是历史底久远与经典底充斥。牛津大学每年间所收底新刊图书可以排出几十里长，若说典籍底数量，我们现在更不如人家。钱先生假定自道咸而下，向使中国学术思想乃至政治制度社会风俗在与西洋潮流相接触之前先变成一个样子，则中国人可以立定脚跟，而对此新潮，加以辨认与选择，而分别迎拒与蓄泄。这话也有讨论底必要。我上头讲过现代学问底精神是从治物之学出发底，治物之学也可以说是格物之学，而中国学术一向是被社交学问，社交文艺，最多也不过是做人之学所盘据，所谓"朴学"不过为少数人所攻治，且不能保证其必为进身之阶。朴学家除掉典章制度底考据而外，还有多少人知道什么格物之学呢？医学是读不成书底人们所入底行；老农老圃之业为孔门弟子所不屑谈；建筑是梓人匠人底事；兵器自来是各人找与自己合式底去用；蚕桑纺织是妇人底本务；这衣，食，住，行，卫五种民族必要的知识，中国学者一向就没曾感觉到应当括入学术底范围，操知识与智慧源泉底纯粹科学更谈不到了。治物之学导源于求生活上安适的享受底理想和试要探求宇宙根源底谜。学者在实验室里用心去想，用手去做，才能有所成就。中国学术岂但与人生分成两橛，与时代失却联系，甚至心不应手，因此，多半是纸上谈得好、场上栽筋斗底把戏。不动手做，就不能有新发现，就不能有新学术。假如中国底学术思想乃至政治制度社会风俗会自己变更底话，乾嘉以前有千多年底机会，乾嘉以后也不见得就绝对没有。

日本底维新怎么就能成功，中国底改革怎么就屡次失败呢？化学是从中国道家底炼丹术发展底，怎么在中国本土，会由外丹变成内丹了？对的思想落在不对的实验上，结果是造成神秘的迷信，不能产出利用厚生底学问。医学并不见得不行，可是所谓国医，多半未尝研究过本草里所载底药物，只读两三本汤头歌诀之类便挂起牌来。千年来，我们底医学在生理，药物，病理等学问上曾有什么贡献呢？近年来从事提炼中国药物底也是具有科学知识底西医底功劳。在学问的认识上，中国人还是倾向道家的。道家不重知与行，也不信进步，改革自然是谈不到底。我想乾嘉以后，中国学术纵然会变，也不会变到自己能站得住而能分别迎拒与蓄泄西洋学潮底地步，纵然会，也许会把人家底好处扔掉，把人家底坏处留起来。像明末底西洋教士介绍了科学知识和他们宗教制度，试问我们迎底是什么呢？中华文化，可怜得很，真是一泓死水呀！这话十年前我不这样说，五年前我不忍这样说，最近我真不能不这样说了。不过死水还不是绝可悲的，只要水不涸，还可以想方法增加水量，使之澄清，使之溢出。这工夫要靠学术界底治水者底努力才有希望。世间无不死之人，也无不变的文化，只要做出来底事物合乎国民底需要，能解决民生日用底问题底就是那民族底文化了。

要知道中国现在的境遇底真相和寻求解决中国目前的种种问题，归根还是要从中国历史与其社会组织，经济制度底研究入手。不过研究者必要有世界学术底常识，审慎择别，不可抱着"花子吃死蟹，只只好"底态度。那么，外国那几套把戏自然也能够辨认与选择，不致于随波逐流，终被狂涛怒浪所吞咽。中国学术不进步底原因，文字底障碍也是其中最大的一个。我提出这一点，许多国学大师必定要伸舌头底。但真理自是真理，稍微用冷静的头脑去思维一下便可以看出中国文字问题底严重。我们到现在用底还不是拼音文字，难学难记难速写，想用它来表达思想，非用上几十年底工夫不可。读三五年书，简直等于没读过。许多大学毕业生自从出来做事之后便不去摩书本。他们尚且如此，程度低些底更可知。繁难的文字束缚了思想，限制了读书人，所以中国文化最大的毒害便是自己的文字。一翻古籍便理会几十万言底书已很少见，百万千万言底书更属稀罕了。到现在，不说入学之门底百科全书没有，连一部比较完备的字典都没有。国人不理会这是文化低落底病根，反而自诩为简洁。不知道简洁文字只能表现简单思想，像用来做诗词，写游记是很够底。从前学问底范围有限，用简洁的文体，把许多不应当省掉底字眼省略掉还不觉得意义很晦涩，读者可用自己底理会力来补足文中底意思。现代的科学记载把一个字错放了地位都不成，简省更不用说了。我们底命不加长，而所要知要学的东西太多，如果写作不从时间上节省是不成的。我们自己的文化担负已是够重的了，现在还要担负上欧美的文化，这就是钱先生所谓"两水斗唶"底现象，其实是中国人挣扎于两重文化底压迫底下底现象。欧美的文化，我们不能不担负，欧美人却不必要担负我们底文化，人家可以不学汉文而得所需底知识，我们不学外国文成么？这显然是我们底文化落后所给底刑罚，目前是没法摆脱底。要文化底水平线提高，非得采用易于学习底拼音文字不可。千字课或基本汉字不能解决这个严重问题，因为在学术上与思想表现上是须要创造新字底，如果到了思想繁杂底阶段，几千字终会不够用，结果还是要孳乳出很多很多的方块字。现在有人用"圕"表示"图书馆"，用"簙"表示"博物院"，一个字读成三个音，若是这类字多起来，中国六书底系统更要出乱子。拼音字底好处在以音达意，不是以形表意，有什么话就写出什么话，直截了当，不用计较某字该省，某句应缩，意思明白，头脑就可以训练得更缜密。虽然拼音文字中如英文法文等还不能算是真正拼音底，但我们须以拼音法则为归依，不是欧美文字为归依。表达思想底工具不好，自然不能很快地使国民底知识提高。人家做十年，我们非得加上五六倍底时间不可。日本维新底成功，好在他们有"假名"，教育普及得快，使他们底文化能追踪欧美。我们一向不理会这一点，因为我们对于汉字有很深切的敬爱，几十年来底拼音字母运动每被学者们所藐视与反对。许多人只看文字是用来做诗写文底，能摇头摆脚哼出百几十字便自以为满足了。改良文字对于这种人固然没有多大的益处，但为学术底进步着想，我们不能那么浪费时间来用难写难记底文字。古人惜寸阴分阴，现代的中国人更应当爱惜丝毫光阴。因为用高速度来成就事物是现代民族生存底必要条件。

德国这次向东方进兵，事实上是以血换油。油是使速度增进底重要材料。不但在战争上，即如在其他事业上，如果着手或成功稍微慢了些，便等于失败。所以人家以一切来换时间，我们现在还想以时间来换一切，这种守株待兔底精神是要不得底。国民智力底低下，中国文字要负很重的责任。智力底高低就是发现问题与解决问题底能力底速度底高低。我以为汉字不改革，则一切都是没有希望底。用文字记载思想本来和用针来缝布成衣服差不多，从前的针一端是针口，另一端是穿线底针鼻。缝纫底人一针一针地做，不觉得不方便。但是缝衣机发明了，许多不需要的劳动不但可以节省而且能很快地缝了许多衣服。缝衣机底成功只在将针鼻移到与针口同在一端上。拼音文字运动也是试要把音与义打成一片。不过要移动一下这"文字底针鼻"，虽然只是分寸底距离，若用底人不了悟，纵然经过千百年也不能成功。旧工具不适于创造新学术，就像旧式的针不能做更快更整齐的衣服一样。有使中国文化被西方民族吸收愿望底先当注意汉字底改革，然后去求学术上的新贡献，光靠残缺的骨董此后是卖不出去底。

中国目前的问题，不怕新学术呼不出，也不怕没人去做专门名家之业，所怕底是知识不普及。一般人底常识不足，凡有新来底吃底用底享受底，不管青红皂白，胡乱地赶时髦。读书人变成士大夫，把一般群众放在脑后，不但不肯帮助他们，反而压迫他们。从农村出来底读书人不肯回到农村去，弄到每个村都现出经济与精神破产底现象。在都市底人们，尤其是懂得吹洋号筒底官人贵女们，整个生活都沉在花天酒地里，批评家说他们是在"象牙之塔"里过日子。其实中国哪里来的"象牙之塔"？我所见底都是一幢幢的"牛骨之楼"罢了。我们希望于学术界底是在各部门里加紧努力，要做优等人而不厌恶劣等的温饱，切莫做劣等人而去享受优等的温饱。那么，平世之学与乱世之学就不必加以分别了。现在国内底大学教授，他们底薪俸还不如运输工人所得底多，我们当然不忍说他们是藏身一曲，做着与私人温饱相宜底名山事业。不用说生存上，即如生活上必须的温饱，是谁都有权利要求底。读书人将来会归入劳动阶级，成为"智力劳动者"，要恢复到四民之首底领导地位，除非现在正在膨胀着底资产制度被铲除，恐怕是不容易了。

[附言] 六月二十四日某先生在《华字日报》写了一篇质问我的文章，题目是《国粹与国渣》，文中有些问题发得很幼稚，值不得一答。惟有问什么是"国粹"一点，使我在学问的良心上不能不回答一下。我因此又连想到六月八日钱穆先生在《大公报》发表底星期论文《新时代与新学术》，觉得其中几点也有提出来共同讨论底必要，所以写成这一篇，希望底是能抛碎砖引出宝玉来。文中大意是曾于六月二十八日对岭英中学高中毕业生讲过底。

民国一世

——三十年来我国礼俗变迁底简略的回观

转眼又到民国三十年，用古话来说，就是一世了。这一世底经历真比前些世代都重要而更繁多，教大家都感觉是在一个完全不同的世界里生活着。这三十年底政治史，说起来也许会比任何时代都来得复杂。不过政治史只是记载事情发生后底结果，单从这面看是看不透底。我们历来的史家讲政必要连带地讲到风俗，因为风俗是民族底理想与习尚底反映，若不明了这一层，对于政治底进展底观察只能见到皮相。民国一世底政治史，说来虽然教人头痛，但是已经有了好些的著作。在这期间，风俗习尚底变迁好像还没有什么完备的记载，所以在这三十年度开始，我们对于过去二十九年底风尚不妨做一个概略的回观。自然这篇短文不是写风俗史，不过试要把那在政治背后底人民生活与习尚叙述一二而已。

民国底产生是先天不足的。三十年前底人民对于革命底理想与目的多数还在睡里梦里，辛亥年（民国前一年，也是武昌起义底那一年）三月二十九底下午在广州发动底不朽的革命举动，我们当记得，有名字底革命家只牺牲了七十二人！拿全国人民底总数来与这数目一比，简直没法子列出一个好看的算式。那时我是一个中学生。住在离总督衙门后不远底一所房子，满街底人在炸弹声响了不久之后，都嚷着"革命党起事了"！大家争着关铺门，除招牌，甚至什么公馆、寓、第、宅、堂等等红纸门榜也都各自撕下，惟恐来不及。那晚上，大家关起大门，除掉天上底火光与零碎的枪声以外，一点也不见不闻。事平之后，回学堂去，问起来，大家都说没见过革命党，只有两三位住在学堂里底先生告诉我们说有两三个操外省口音，臂缠着白毛巾底青年曾躲在仪器室里。其中有一个人还劝人加入革命党，那位先生没答应他，他就鄙夷地说："蠢才，有便宜米你都不吃……"他底理想只以为革命成功以后，人人都可以有便宜的粮食了，这种革命思想与古代底造反者所说底口号没有什么分别。自然那时有许多青年也读过民族革命底宣传品，但革命的建国方略始终为一般人所没梦想过，连革命党员中间也有许多是不明白他们正在做着什么事情。不到六个月，武昌起义了。这举动似乎与广州革命不相干，但竟然成功了。人民底思想是毫无预备，只混混沌沌地站在革命底旗帜下，不到几个月，居然建立了中华民国。

民国成立以后，关于礼俗底改革，最显著的是剪辫，穿西服，用阳历，废叩头等等。剪辫在民国前两三年，广州与香港已渐成为时髦，原因是澳美二洲底华侨和东西留学生回国底很多。他们都是短服（不一定是西装），剪发，革履，青年学生见了互相仿效，还有当时是军国主义底教育，学生底制服就是军装。许多人不喜欢把辫子盘过胁下扣在胸前底第一颗钮扣上，都把它剪掉，或只留顶上一排头发，戴军帽时，把辫子盘起来，叫做"半剪"。当时人管没辫子底人们叫做"剪辫仔"或"有辫仔"，稍微客气一点底就叫他们底打扮做"文明装"或"金山文明装"，现在广州与香港底理发师还有些保留着所谓"金山装"底名目底。在民国前三年，我已经是个"剪辫仔"，先父初见我光了头，穿起洋服，结了一条大红领带，虽没生气，却摇着头说，"文明不能专在外表上讲。"

广东反正，我们全家搬到福建，寄寓在海澄一个朋友底乡间。耶里底人见我们全家底男子，连先父也在内，都没有辫子，都说我们是"革命仔"。乡下人有许多不愿意剪辫，因为依当地风俗，男子若不是当和尚或犯奸就不能把辫子去掉。他们对于革命运动虽然热烈地拥护，但要他们剪掉辫子却有点为难，所以有许多是被人硬剪掉底。有些要在剪掉之后放一串炮仗；有些还要祭过祖先才剪。这不是有所爱于满洲人底装束，前者是杀晦气，后者是本着"身体发肤，受之父母"底教训；你如问为什么剃头就不是"毁伤"，他就说从前是奉旨及父母之命而行底。民国元年，南方沿海底都市有些有女革命军底组织，当时剪发底女子也不少，若不因为女革命军底声誉不好和军政当局底压抑，女子们剪发就不必等到民国十六年以后才成为流行的装扮了。当盛行女子剪发底时候，东三省有位某帅，参观学校，见某女教员剪发，便当她是共产党员，把她枪毙了。她也可以说是为服装而牺牲底不幸者。

讲到衣服底改变，如大礼服，小礼服之类，也许是因为当时当局诸明公都抱"文明先重外表"底见解，没想到我们底纺织工业会因此而吃大亏。我们底布匹底宽度是不宜于裁西装底，结果非要买入人家多量的洋材料不可。单说输入底钮扣一样。若是翻翻民国元年以后海关底黄皮书，就知道那数字在历年底增加是很可怕的了。其它如硬领、领带、小梳子、小镜子等等文明装底零件更可想而知了。女人装束在最初几年没有剧烈的变迁，当时留学东洋回国底女学生很多，因此日本式的髻发，金边小眼镜，小绢伞，手提包，成为女子时髦的装饰。后来女学生底装束被旗袍占了势力，一时长的、短的、宽的、窄的，都以旗袍式为标准，裙子渐渐地没人穿了。民国十四五年以后，在上海以伴舞及演电影底职业女子掌握了女子时髦装束底威权，但全部是抄袭外国底，毫无本国风度，直到现在，除掉变态的旗袍以外，几乎辨别不出是中国装了。在服装上，我们底男女多半变了被他人装饰底人形衣架，看不出什么民族性来。

衣服直接影响到礼俗，最著的是婚礼。民国初年，男子在功令上必要改装，女子却是仍旧，因此在婚礼上就显出异样来。在福建乡间，我亲见过新郎穿底是戏台上底红生袍，戴底是满镶着小镜子底小生巾，因为依照功令，大礼服与大礼帽全是黑的，穿戴起来，有点丧气。间或有穿戴上底，也得披上红绸，在大高帽上插一金花，甚至在草帽上插花披红，真可谓不伦不类。不久，所谓"文明婚礼"流行了。新娘是由凤冠霞帔改为披头纱和穿民国礼服。头纱在最初有披大红的，后来渐渐由桃红淡红到变为欧式的全白，以致守旧的太婆不愿意，有些说，"看现在的新娘子，未死丈夫先带孝！"这种风气大概最初是由教会及上海底欧美留学生做起，后来渐渐传染各处。现在在各大都市，甚至礼饼之微也是西装了！什么与我们底礼俗不相干底扔破鞋、分婚糕、度蜜月，件件都学到了。还有，新兴的仪仗中间有军乐队，不管三七二十一胡乱吹打一气。如果新娘是曾在学校毕业底，那就更荣耀了，有时还可以在亲迎底那一天把文凭安置在彩亭里扛着满街游行。

至于丧礼，在这三十年来底变迁却与婚礼不同。从君主政策被推翻了之后，一切的荣典都排不到棺材前，孝子们异想天开，在仪仗里把挽联、祭幛、花圈等等，都给加上去了。讣告在从前是有一定规矩底，身份够不上用家人报丧底就不敢用某宅家人报丧底条子或登广告。但封建思想底遗毒不但还未除净，甚且变本加厉，随便一个小小官吏或稍有积蓄底商人底死丧，也可以自由地设立治丧处，讣告甚至可以印成几厚册，文字比帝制时代实录馆底实录底内容还要多。孝子也给父母送起挽联或祭幛来了。花圈是胡乱地送，不管死者信不信耶稣，有十字架表识底花圈每和陀罗尼经幛放在一起。出殡底仪仗是七乱八糟，讲不上严肃，也显不出哀悼，只可以说是排场热闹而已。穿孝也近乎欧化，除掉乡下人还用旧礼或缠一点白以外，都市人多用黑纱绕臂，有时连什么徽识也没有。三年之丧再也没能维持下去了。

说到称谓，在民国初年，无论是谁，男的都称先生，女的都称女士，后来老爷、大人、夫人、太太、小姐等等旧称呼也渐渐随着帝制复活起来。帝制翻不成，封建时代底称呼反与洋封建底称呼互相翻译，在太太们中间，又自分等第，什么"夫人""太太"都依着丈夫底地位而异其称呼，男方面，什么"先生"，什么"君"，什么"博士"，"硕士"也做成了阶级的分别，这都是封建意识底未被铲除，若长此发展下去，我们就得提防将来也许有"爵爷"、"陛下"等等称呼底流行。个人的名字用外国的如约翰、威灵顿、安妮、莉莉、伊利沙伯之类越来越多，好像没有外国名字就不够文明似地。日常的称如"蜜丝"、"蜜丝打"、"累得死"、"尖头鳗"一类的外国货格外流行，听了有时可以使人犯了脑溢血底病。

一般嗜好，在这二十九年，也可以说有很大的变更。吃底东西，洋货输进来底越多。从礼品上可以看出芝古力糖店抢了海味铺不少的买卖，洋点心铺夺掉茶食店大宗的生意。冰淇淋与汽水代替了豆腐花和酸梅汤。俄法大菜甚至有替代满汉全席底气概。赌博比三十年前更普遍化，麻雀牌底流行也同鸦片白面红丸等物一样，大有燎原之势，了得么！

历法底改变固然有许多好处，但农人底生活却非常不便，弄到都市底节令与乡间底互相脱节。都市底商店记得西洋的时节如复活节、耶稣诞等，比记得清明、端午、中秋、重九、冬至等更清楚。一个耶稣诞期，洋货店可以卖出很多洋礼物，十之九是中国人买底，难道国人有十分之九是基督徒么？奴性的盲从，替人家凑热闹，说来很可怜的。

最后讲到教育。这二十九年来因为教育方针屡次地转向，教育经费底屡受政治影响，以致中小学底教育基础极不稳固。自五四运动以后，高等教育与专门学术底研究比较有点成绩，但中小学教育在大体上说来仍是一团糟。尤其是在都市底那班居心骗钱，借口办学底教育家所办底学校，学科不完备，教师资格底不够，且不用说，最坏的是巴结学生，发卖文凭，及其它种种违反教育原则底行为。那班人公然在国旗或宗教的徽帜底下摧残我青年人底身心。这种罪恶是二十九年来许多办学底人们应该忏悔底。我从民国元年到现在未尝离开粉笔生涯，见中小学教育底江河日下，不禁为中国前途捏了一把冷汗。从前是"士农工商"，一入民国，我们就时常听见"军政商学"，后来在"军"上又加上个"党"。从前是"四民"，现在"学"所居底地位是什么，我就不愿意多嘴了。

此地底篇幅不容我多写，我不再往下说了，本来这篇文字是为祝民国三十年底，我所以把我们二十九年来底不满意处说些少出来，使大家反省一下我们底国民精神到底到了什么国去？这个我又不便往下再问，等大家放下报纸闭眼一想得了。民国算是入了壮年底阶段了。过去的二十九年，在政治上、外交上、经济上、乃至思想上，受人操纵底程度比民国未产生以前更深，现在若想自力更生底话，必得努力祛除从前种种愚昧，改革从前种种的过失，力戒懒惰与依赖，发动自己的能力与思想，要这样，新的国运才能日臻于光明。我们不能时刻希求人家时刻之援助，要记得我们是人了壮年时期，是三十岁了，更要记得援助我们底就可以操纵我们呀！若是一个人活到三十岁还要被人"援助"，他真是一个"不长进"底人。我们要建设一个更健全的国家非得有这样的觉悟与愿望不可。愿大家在这第三十年底开始加倍地努力，这样，未来的种种都是有希望的，是生长的，是有幸福的。

创作底三宝和鉴赏底四依

雁冰，圣陶，振铎诸君发起创作讨论，叫我也加入。我知道凡关于创作底理论他们一定说得很周到，不必我再提起，我对于这个讨论只能用个人如豆的眼光写些少出来。

现代文学界虽有理想主义（Idealism）和写实主义（Realism）两大倾向，但不论如何，在创作者这方面写出来底文字总要具有"创作三宝"才能参得文坛底上禅。创作底三宝不是佛、法、僧，乃是与此佛、法、僧同一范畴底智慧、人生和美丽。所谓创作三宝不是我底创意，从前欧西的文学家也曾主张过。我很赞许创作有这三种宝贝，所以要略略地将自己底见解陈述一下。

（一）智慧宝：创作者个人的经验，是他的作品底无上根基。他要受经验底默示，然后所创作底方能有感力达到鉴赏者那方面。他底经验，不论是由直接方面得来，或者由间接方面得来，只要从他理性的评度，选出那最玄妙的段落——就是个人特殊的经验有裨益于智慧或识见底片段——描写出来。这就是创作底第一宝。

（二）人生宝：创作者底生活和经验既是人间的，所以他底作品需含有人生的原素。人间生活不能离开道德的形式。创作者所描写底纵然是一种不道德的事实，但他底笔力要使鉴赏者有"见不肖而内自省"底反感，才能算为佳作。即使他是一位神秘派、象征派，或唯美派底作家，他也需将所描那些虚无缥缈的，或超越人间生活的事情化为人间的，使之和现实或理想的道德生活相表里。这就是创作底第二宝。

（三）美丽宝：美丽本是不能独立的，他要有所附丽才能充分地表现出来。所以要有乐器、歌喉，才能表现声音美；要有光暗、油彩，才能表现颜色美；要有绮语、丽词，才能表现思想美。若是没有乐器，光暗，言文等，那所谓美就无着落，也就不能存在。单纯的文艺创作——如小说、诗歌之类——的审美限度只在文字底组织上头；至于戏剧，非得具有上述三种美丽不可。因为美有附丽的性质，故此，列它为创作底第三宝。

虽然，这三宝也是不能彼此分离底。一篇作品，若缺乏第二、第三宝，必定成为一种哲学或科学底记载；若是只有第二宝，便成为劝善文；只有第三宝，便成为一种六朝式的文章。所以我说这三宝是三是一，不能分离。换句话说，这就是创作界底三位一体。

已经说完创作底三宝，那鉴赏底四依是什么呢？佛教古德说过一句话："心如工画师，善画诸世间。"文艺的创作就是用心描画诸世间底事物。冷热诸色，在画片上本是一样地好看，一样地当用。不论什么派底画家，有等擅于用热色，喜欢用热色；有等擅于用冷色，喜欢用冷色。设若鉴赏者是喜欢热色底，他自然不能赏识那爱用冷色底画家底作品。他要批评（批评就是鉴赏后底自感）时，必需了解那主观方面底习性、用意和手法才成。对于文艺底鉴赏，亦复如是。

现在有些人还有那种批评的刚愎性，他们对于一种作品若不了解，或不合自己意见时，不说自己不懂，或说不符我见，便尔下一个强烈的否定。说这个不好，那个不妙。这等人物，鉴赏还够不上，自然不能有什么好批评。我对于鉴赏方面，很久就想发表些鄙见，现在因为讲起创作，就联到这问题上头。不过这里篇幅有限，不能容尽量陈说，只能将那常存在我心里的鉴赏四依提出些少便了。

佛家底四依是："依义不依语；依法不依人；依智不依识；依了义经不依不了义经。"鉴赏家底四依也和这个差不多。现时就在每依之下说一两句话——

（一）依义：对于一种作品，不管他是用什么方言，篇内有什么方言参杂在内，只要令人了解或感受作者所要标明底义谛，便可以过得去。鉴赏者不必指摘这句是土话，那句不雅驯，当知真理有时会从土话里表现出来。

（二）依法：须要明了主观——作者——方面底世界观和人生观，看他能够在艺术作品上充分地表现出来不能，他底思想在作品上是否有系统。至于个人感情需要暂时搁开，凡有褒贬不及人，不受感情转移。

（三）依智：凡有描写不外是人间的生活，而生活底一段一落，难保没有约莫相同之点，鉴赏者不能因其相像而遂说他是落了旧者窠臼底。约莫相同的事物很多，不过看创作者怎样把他们表现出来。譬如一件很平常的事情，在常人视若无足轻重，然而一到创作者眼里便能将自己底观念和那事情融化，经他一番地洗染，便成为新奇动听的创作。所以鉴赏创作，要依智慧，不要依赖一般识见。

（四）依了义：有时创作者底表现力过于超迈，或所记情节出乎鉴赏者经验之外，那么，鉴赏者须在细心推究之后才可以下批评。不然，就不妨自谦一点，说声，"不知所谓，不敢强解。"对于一种作品，若是自己还不大懂得，那所批评底，怎能有彻底的论断呢？

　　总之，批评是一种专门工夫，我也不大在行，不过随缘诉说几句罢了。有的人用批八股文或才子书底方法来批评创作，甚至毁誉于作者自身。若是了解鉴赏四依，哪会酿成许多笔墨官司！

怡情文学与养性文学

——序太华烈士编译《硬汉》小说集

文学的种类，依愚见，以为大体上可分为两种：一是怡情文学；二是养性文学。怡情文学是静止的，是在太平时代或在纷乱时代底超现实作品，文章底内容基于想象，美化了男女相悦或英雄事迹，乃至作者自己混进自然，忘掉他底形骸，只求自己欣赏，他人理解与否，在所不问。这样底作品多少含有唯我独尊底气概，作者可以当他底作品为没弦琴，为无孔笛。养性文学就不然，它是活动的，是对于人间种种的不平所发出底轰天雷，作者着实地把人性在受窘压底状态底下怎样挣扎底情形写出来，为底是教读者能把更坚定的性格培养出来。在这电气与煤油时代，人间生活已不像往古那么优游，人们不但要忙着寻求生活的资料，并且要时刻预防着生命被人有意和无意地掠夺。信义公理所维持底理想人生已陷入危险的境地，人们除掉回到穴居生活，再把坚甲披起，把锐牙露出以外，好像没有别的方法。处在这种时势底下，人们底精神的资粮当然不能再是行云流水，没弦琴，无孔笛。这些都教现代的机器与炮弹轰毁了。我们现时实在不是读怡情文学底时候，我们只能读那从这样时代产生出来底养性文学。

养性文学底种类也可以分出好几样，其中一样是带汗臭底，一样是带弹腥底。因为这类作品都是切实地描写群众，表现得很朴实，容易了解，所以也可以叫做群众文学。

前人为文以为当如弹没弦琴，要求弦外底妙音，当如吹无孔笛，来赏心中底奥义，这只能被少数人赏识，似乎不是群众养性底资粮。像太华烈士所集译底军事小说《硬汉》等篇，实是唤醒国民求生底法螺。作者从实际经验写来，非是徒托空言来向拥书城底缙绅先生献媚，或守宝库底富豪员外乞怜，乃是指导群众一条为生而奋斗而牺牲底道路。所以这种弹腥文学是爱国爱群底人们底资粮，不是富翁贵人底消遣品。富翁贵人说来也不会欣赏像《硬汉》这一类底作品，因为现代的国家好像与他们无关。没有国家，他们仍可以避到世外桃源去弹没弦琴和吹无孔笛。但是一般的群众呢？国家若是没有了，他们便要立刻变成牛马，供人驱策。所以他们没有工夫去欣赏怡情文学，他们须要培养他们底真性，使他们具有坚如金刚底民族性，虽在任何情境底下，也不致有何等变动。但是群众文学家底任务，不是要将群众底卤莽言动激励起来，乃是指示他们人类高尚的言动应当怎样，虽然卤莽不文，也能表出天赋的性情。无论是农夫，或是工人，或是兵士，都可以读像《硬汉》这样的文艺。他们若是当篇中所记底便是他们同伴或他们自己底事情，那就是译者底功德了。

一九三八年十二月香港

中国文字的命运

研究文字学的人都知道中国字是文字史上仅存的表义文字。文字的第一步，除掉结绳与绘画以外，是象形字。中国文字已越过这时期，因为我们现在写"日"字，已经不是日的圆形；"山"字已经变了三个峰头为三条直线了。从象形字变为表义字是文字上很大的进步，理由是表义字表示抽象的意义比象形字容易得多，不过它还不是最方便的。

文字有形声义三个成分。最初的文字都是表形的，由形解义，造字的任务已经完成。但是，形无穷尽，纵然巧者可画，常人或不能尽解，于是象声象意的文字出现了。六书中象形最初出现，随着有指事。从实质上说。象形与指事没多大的分别。画物的全形为象形；画物的一端以见事为旧事。前者如："日、山、田、人、鸟、马、鱼、舟、衣"等字；后者有对文（上下），反文（正正），独体（一、厶），合体（叒、八），增文（牟、足），省文（召、支），变文（勹、矢），分体（采、臼），假体（示、巫），复体（畺、蜀）十类，可以说复合的象形字。象形与指事再发展而有会意。这是比合象形与指事来显示意义，有合体与省体二类，如（社、周）为二合，（品、矗）为三合，（牢、菌）为省体。这类字已离象形较远，但其迹象还可以追寻，所不同的只从结合的形理会出其中意义而已。由象形，指事，而到会意，形与义虽然进步，但声的功用还没显明，于是再进一步而生出形声字来。《汉书·艺文志》列象形、象事、象意、象声，明指事、会意、形声、诸文也和象形一样是取象的。郑康成以形声为谐声。取义于以声譬形。许叔重取形声的名目，取义于以形譬声。所以谐声、形声、象声三名，所重仍在声音。在形声字中有声义两兼的名为"亦声"。文字到以声为主才充足了它的功用。这个见解，自来学者很少体会，因为六书不分，自唐已然，后人只重解字，而略于说文，故一问某字应属六书何类，间或不能置答。这在实用上本来没多大的关系，因为文字的趋势在记音，与象形时期只能表现物形大不相同了。喻昧庵先生师承王壬秋先生作"王氏六书存微"，其中有一段话讲得最合理。他说："选字之初，始于画形。形不可象，则指以事。事不可见，则会以意。意不可通，则无义可说，而造字之法穷矣。于是古圣欲通事意之穷，乃取三者以为主文，而譬以声。至于声，则无不谐矣，初不必更取其义。是故有声无义者，六书之正也。"（卷六）有声无义，为六书之正的，是卓见。由此进而为转注，为假借，都是重在声义，形不过是寄托而已。依喻氏的分法，六书中最多的是谐声字，若合形声，亦声算起来。说文中共有七千九百零四字，合意字占九百六十五；指事字占二百八十七；象形字占一百三十五；转注字占六十七；假借字只有十个；阙疑文七个；共九千三百五十三文。依此推到现在，可知形声在中国文字上占了十分之八九。

文字的功用在记事，文化越高，超象的事越多，所以形穷于应付，而不得不用声音。可惜中国字停顿在象声上，未进到用音标或字母的途程。此中最大的原因在历来视文字为圣人所作，它的本身是神圣的，写过字的纸帛都要敬惜，更不敢谈改革了。其次，中国文字是视觉型的，人一读起来，便认得那字所代表的意义，因为视觉与文字的关系比听觉较为直接，尤其是在多用单音的语言上，如，皮、脾、疲，发音一样，而在形状上一看就了然。中国字所以能维持这么久，这也是最重要的一个理由。又，拼音字用字母拼音，做成的是听觉型的字。因为文字的本质要以形显，形的变迁比较声音慢得多。由籀变篆，由篆变隶，变楷，变草，其中变迁的痕迹很容易追寻，它的认识标准是比较固定的。至于声音，每依口官各部的用舍而生变化。不但古今声音不同，同时代的方音也大不一致。不但方音不一致，一个人少时所发的音也和老时所发的不同，甲处人在乙处住得长久，也未必能够说出纯正的本土话。有时声音已经改变，而字形仍然不改。这在英文和法文里是常见的。如 Philososphy 现在读如 Filoson；Psychology 现在读如 saikoloji；Knowledge 现在读如 Nollej，等等，不胜枚举，可知字形的保留也相当地重要。但是这现象是不当有的。依拼音文学的原则，凡是声音改变，拼法也得随着改变。所以未变的原故，还在人们没曾深究字学。

主张视觉型文字的人们以为拼音字随时随地改变，结果会令人数典忘祖。后人不能读先人之书。不错，不错，这种缺陷，不但在拼音字上发生，即如在表义字上，也是如此。平常的中国人有多少能读唐宋的文章呢？有多少能读汉魏六朝的文章呢？又有多少能读四书五经诸子百家呢？要知道读书，不只限于字形的变迁，寄寓在文字里头的概念也无时不在变迁中。今日的"之、也、焉、于、乎、哉"与各个字最初的意义太不相同，是谁都知道的。以今义解古书是最大的错误，而且很危险。研究文字学的人应以古义解古书为是。若有人解"东家杀豕"为"掌柜的宰猪",那岂不是个大笑话?看来,形声之外,义也要顾到。"见形解义"不是那么容易的事,多数只能"望文生义"罢了;至于声音常随概念,不如形状与它那么容易分离。例如〇形表示圆的概念,但此〇或只表示一个圈,或是一颗球,囗形表示四角的概念,此囗或表示一个国家,或一座城,或一颗印章,但国界未必方,城未必方,印章也未必是方的,这方的概念也经和原来所画的囗形分离了。声音虽然变迁得快些,但比较能维系得概念住。例如福建人叫"眼睛"为"目",字形完全不同,从声音去寻求概念,仍有可能;广东人叫"票"为"徽","徽"的声音虽然稍变,概念仍未变更。"徽章"的"徽"与"戏徽"的"徽",仍是"凭证"的意思。

在新知识未入中国以前,中国字是很够用,很足以自豪的。但在思想猛进,知识繁多的现代,表义字就有点应付不过来了。文字以孳乳而多的话固然不错,但汉字制作的原则是以偏旁表义的。这里我们有了困难。拿自然科学来说,属是草类,禾类,竹类,木类,瓜类,麦类,麻类,黍类等,都各依其类加个偏旁。但这些类别是不科学的,植物的分类不止这些,还有像"牡丹","玫瑰","十姊妹"之类,应入木部或草部,而字形上不许。推而及动物,矿物,都有物名与部类不相侔的缺点。又表示心思动作的字,用心部,手部,足部,走部等来做部首,以后抽象字越多。势必至于穷于应付,是无可疑的。总而言之,现在字典的部首不能包罗万有,减之固然不可,增之又不胜其烦。真是没有办法!

现代的知识范围比二三百年前宽广到几十倍,必令人人深究六书然后为学,则势有所不能。因此我们不能不原谅写白字或手头字的人。我们写作，从时间计算起来，是比拼音字慢得多。拼音字可以用机器来写，汉字虽也可以用打字机，但要用它来著作，恐怕没有希望罢。假如汉字打字机的速率与面积可以同拼音字机一样，我们便没要求更改汉字的必要。而事实上，我们对于各种知识都要急求，慢钝的文字，怎能满足我们的需要呢？

汉字的命运现在已走到一个不敷应用的时期。如许多的化学名辞，借"铍"名 Glucinum，借"锑"名 Stibium，借"铈"名 Ceriun，借"氦"名 Helium，假借不足，继之以制作新字，或做成复合字。这样，必会做到一形含多义的地步，与六书的原则越离越远。我们现在所用的复合字，如"意识"，"心理"，"德律风"，"爱克斯光"等，有些是依字义选做的，但以后的趋势必会向着概念的标准来发展。譬如说"意识"时，还留着字义；但说"心理"时，已趋向到概念的方面了。至于"德律风"，"爱克斯光"，只是从声音了解概念，字形不过是字形罢了。新的概念越来越多，旧的文字有限，绝不能应付过来。如果要在"说文解字"或其他字书里选做新字，同属有限的数目，那么，数千不如数百，数百就不如数十了。如能在汉字里选出数十个字来做字母，像注音字母一样，将来也得走上拼音的途程，是无可疑的。固然我们舍不得抛弃了好几千年用惯了的东西，但是历来被我们和我们的祖先所抛弃的好文化遗产也有好些。文化大部分是寄在语言文字上的，只是要记得所寄的是由语言文字所发表的概念，而不是死的语言文字本身。如果教孔夫子复生，他一定不认得我们，因为我们穿的衣服不同了，住的房子不同了，说的话不同了，写的字也不同了！但是我们的文化核心还与孔子时代一样，是属于汉族的，中国的。所以从表义字进而为表音字，是不足怕的。

　　我们不能尽读古人的书，也不必尽读古人的书。若是古书中有值得保留的，自然在各个时代有人翻译出来，至于毫无价值的古书，多留一本，只多占一些空间而已。譬如《道藏》里许多荒谬的记载，如鬼神的名目，符箓之格式等等，留着也没有用处。只因它是古人思想与宗教的遗物，不得不整理。整理完毕，把它解释明白，后人如要知道符箓是怎么一回事，尽可不必去看原书了。所以整理古籍是继往开来的工作，不是文字的保留。如有研究高深的学者，要读原书，尽也可以去翻出对对。可是这样的工作，我们不希望个个认识中国字的人都照样去做。文化的进步在保留一个民族的优美遗产，而舍弃其糟粕。抱残守缺，是教文化停顿的重要原因。

　　总而言之，拼音文字是比较表义文字容易学习，在文盲遍野的中国，要救渡他们，汉字是来不及的。作者自己这一辈子也不见得会用拼音字。但为一般的人，不能不鼓励人去采用它。至于用拼音字以后，会使国语更不能统一的忧虑，也是不须有的。假如我们有共同的拼音方法，先从专名统一起，然后统一各种名词，那就容易多了。中国话是一种，所不同的是方音。方音的差别在用词的不同，如能统一用词，问题容易解了。我们先要统一用词，换句话说是统一国语，才能统一国音。这一件事得等待知识的传播才办得到。所以我们不但要扫除文盲，并且要扫除愚暗。汉字在这两种工作上，依我们的经验，是有点担当不起。最后一句话，文字只是工具，在乎人怎么用它。如用来寄寓颓废的概念，就是汉字也得受到咒诅。我们要灌输知识给民众，当以内容为重，区区字形上的变更，有什么妨害呢？

1940 年 1 月

粤讴在文学上的地位

　　诗歌是表现感情的文字，所以他的语风越庸俗越能使大多数的人受感动。现在新诗的运动，守旧或固执的人皆期期以为不可，曾不想到这种运动不是近年才发作的。一说起诗，大家都推到唐朝。但唐朝的诗也不尽是贵族的或古典的。单说不避庸俗一节，自刘禹锡的《竹枝新词》写出来，不久就盛行通国，在诗史上也不能埋没他的位置。白诗的风格满有民众的色彩，也可以说是革盛唐以前诸体诗的命。竹枝词不能占很大的势力，不是因为他不能感动人，也不是不容易流行，乃是受科举制度的束缚，但这种体裁，一经发表，各处俚俗的诗歌有些就因此美化了。

　　我留到一所地方，必要打听那里的歌谣或民众的文学；在广东住得最久，对于那省的诗歌很有特别的兴趣，所以要把个人以为最好的那一种介绍出来。广东的民众诗歌的种类很多，如南音，龙舟歌，粤讴，山歌，等，都是很通行的。这些歌全用本地方言写成，各有它的特别性质，现在单要说的，就是粤讴。

　　没说粤讴以前，我先略略介绍粤讴的创作者。粤讴不是很古的古董，是近百年来招子庸创作的。招子庸的生平无从稽考；所知的，是他的别号叫明珊，在清道光年间曾做过山东青州府知府。他的第一本创作，冠名《越讴》，在道光八年（1828）出版于广州西关澄天阁，内容共计一百二十余首。后来写这类韵文的越多，《越讴》便成了一种公名；甚或将书内第一篇《解心事》来做招子庸所做那本的名字——叫《招子庸解心事》。

东方的创作者爱用外号，常不愿把自己的真名写出来，有时竟不署名；所以名作多而名作家的事迹少。若是现在到广州所各县走一走，我们必要理（会）无论是谁，少有不会唱一二支粤讴的。他们所唱的未知尽出于子庸手笔；但从实质看来，可以说这是他用本地方言把他的诗思表现出来的结果。

招子庸创作粤讴的动机在哪里呢？讲到这层，或者可以在书中找出一点他的行略。相传他要上北京会试的时候，在广州珠江上和一个妓女秋喜认识。彼此互相爱慕，大有白头偕老的思想。无奈子庸赶着要起程，意思要等会试以后才回来娶她。秋喜欠人些少钱债，在两三个月中间，从不曾向子庸提过；子庸一去，债主随来，她被迫不过，便跳入珠江溺死了。子庸回来，查知这事，就非常伤悼，于是作《吊秋喜》来表他的伤感。在粤讴里这是他的"处女作"。

招子庸是一个富于悲感的诗人，自从受了这场戟刺以后，对于青楼生活便起了无量悲心；所以《粤讴》里头十之八九是描写妓女的可怜生活的。描写恋爱的诗，文，小说，歌曲，等，大约有两种倾向：第一，是描写肉欲，或受性感束缚的；第二，是描写幽情，或显示同情感动的。子庸的《粤讴》是属于第二种；我们一读他的《弁言》就知道。他的《弁言》只有两句，是："《越区》笃挚，履道士愿，乐，欲闻。请以此一卷书，普度世间一切沉迷欲海者。"

　　《粤讴》的描写法，和东方各种诗歌差不多；都是借自然现象来为起等等人事的情感，并且多用象征的描写法。ㄎㄌㄐㄇㄟㄊㄧ(CecilClementi) 于一九〇四年将《粤讴》译成英文；在他的译本的绪言中说过：东方的诗从没有像希腊诗所用的拟人法。拿恋爱这事来说，在西方便要把他描成一个有翼的孩子，执着弓箭向那色男色女的心发射；或描成一个顽皮女孩，御者，荡人，夺来的孩子，酒保，赌徒，等；但在中国，这种物质的拟人法是找不着的。中国的心思多是玄学，或理想的，所以诗人着力的地方，在象征化爱者，而不在爱的情感（Love－sentiment）。从这一点看来，《粤讴》的性质属希伯来的（Hebraic）多，而属希腊的(Hellenih) 少。我们将《粤讴》来和《雅歌》（《旧约》第二十二卷许地山新译本见《生命》第二卷第四，五册。）比照一下，就知道二者所用象征很多相同的地方。

　　到这里，我们就要讨论一点《粤讴》的体裁了。在诗里，有兴体（或抒情体），赋体（或叙事体），散体（或散文体），等等分别，在歌里也是如此。《粤讴》的体裁多偏于兴体；他的章法是极其自由，极其流动的。平仄的限制，在《粤讴》里，可以说是没有。至于用韵一层，也不甚严格，通常以词韵为准，但俗语俗字有顺音的，也可以押上。押韵的方法多是一句平韵，一句仄韵；或两句平间一句仄；或两句仄间一句平。但这都不是一定的格式，只随人的喜欢而已。用典也不怕俗，凡众人知道的街谈巷语，或小说，传言都可以用。在每一首末了，常有感叹词"唉"，"罢咯"，"呀"，或代名词呼格"君呀"，"郎呀"，等等字眼。有"唉"，"呀"的句通常在全篇中是最短的句，而最末了那句每为全篇中最长的句。这个特性，因为《粤讴》是要来唱的缘故到"唉"，"呀"，"罢咯"等字句，就是给人一个曲终的暗示。唱

《粤讴》俱用琵琶和着，但一东人精于琵琶的很少，所以名牌的调子都没有什么变化。

我把《粤讴》的大略说完，就要把招子庸所作那本里头几首我最喜欢的写在后头，使非广东人也享一点《粤讴》的滋味。

自招子庸以后，《粤讴》的作家很多，如缪莲仙的作品也是数一数二的。莲仙或与子庸同时，或晚他几年。他的生平也少有人知道，只知他是浙江人，游幕到广州的。他作《粤讴》，但在南音上更有特别的长处，如《客途秋恨》，传诵到现在还是不衰。

在广州或香港的日报上，时常也有好的《粤讴》发表出来，不过作者署名的方法太随便，有时竟不署名，所以我不知道现在的作家都是哪位。我盼望广东人能够把这种地方文学保存起来，发扬起来，使他能在文学上占更重要的位置。

1922 年 3 月

女子的服饰

人类说是最会求进步的动物，然而对于某种事体发生一个新意见的时候，必定要经过许久的怀疑，或是一番的痛苦，才能够把它实现出来。甚至明知旧模样旧方法的缺点，还不敢"斩钉截铁"地把它改过来咧。好像男女的服饰，本来可以随意改换的。但是有一度的改换，也必费了好些唇舌在理论上做工夫，才肯羞羞缩缩地去试行。所以现在男女的服饰，从形式上看去，却比古时好；如果从实质上看呢？那就和原人的装束差不多了。

服饰的改换，大概先从男子起首，古时男女的装束是一样的。后来男女有了分工的趋向，服饰就自然而然地随着换啦。男子的事业越多，他的服饰越复杂，而且改换得快。女子的工作只在家庭里面，而且所做的事与服饰没有直接的关系，所以它的改换也就慢了。我们细细看来，女子的服饰，到底离原人很近。

现时女子的服饰，从生理方面看去，不合适的地方很多。她们所谓之改换的，都是从美观上着想。孰不知美要出于自然才有价值，若故意弄成一种不自然的美，那缠脚娘走路的婀娜模样也可以在美学上占位置了。我以为现时女子的事业比往时宽广得多，若还不想去改换她们的服饰，就恐怕不能和事业适应了。

事业与服饰有直接的关系，从哪里可以看得出来呢？比如欧洲在大战以前，女子的服饰差不多没有什么改变。到战事发生以后，好些男子的事业都要请女子帮忙。她们对于某种事业必定不能穿裙去做的，就换穿裤子了；对于某种事业必定不能带长头发去做的，也就剪短了。欧洲的女子在事业上感受了许多不方便，方才把服饰渐渐地改变一点，这也是证明人类对于改换的意见是很不急进的。新社会的男女对于种种事情，都要求一个最合适的方法去改换它。既然知道别人因为受了痛苦才去改换，我们何不先把它改换来避去等等痛苦呢？

在现在的世界里头，男女的服饰是应当一样的。这里头的益处很大，我们先从女子的服饰批评一下，再提那改换的益处吧。我不是说过女子的服饰和原人差不多吗？这是由哪里看出来的呢？

第一样是穿裙。古时的男女没有不穿裙的。现在的女子也少有不穿裙的。穿裙的缘故有两种说法：（甲）因为古时没有想出缝裤的方法，只用树叶或是兽皮往身上一团；到发明纺织的时候，还是照老样子做上。（乙）是因为礼仪的束缚。怎么说呢？我们对于过去的事物，很容易把他当作神圣。所以常常将古人平日的行为，拿来当仪式的举动；将古人平日的装饰，拿来当仪式的衣冠。女子平日穿裤子是服装进步的一个现象。偏偏在礼节上就要加上一条裙，那岂不是很无谓吗？

第二样是饰品。女子所用的手镯脚钏指环耳环等等物件，现在的人都想那是美术的安置：其实从历史上看来，这些东西都是以女子当奴隶的大记号，是新女子应当弃绝的。古时希伯来人的风俗，凡奴隶服役到期满以后不愿离开主人的，主人就可以在家神面前把那奴隶的耳朵穿了，为的是表明他已经永久服从那一家。希伯来语"了廿一尸一宀"Ne－Zem 有耳环鼻环两个意思。人类有时也用鼻环，然而平常都是兽类用的。可见穿耳穿鼻决不是美术的要求，不过是表明一个永久的奴隶的记号便了，至于手镯脚钏更是明而易见的，可以不必说了。有人要问耳环手镯等物既然是奴隶用的，为什么从古以来这些东西都是用很实的材料去做呢？这可怪不得。人的装束有一分美的要求是不必说的，"披毛戴角编贝文身"，就是美的要求，和手镯耳环绝不相同的。用贵重的材料去做这些东西大概是在略婚时代以后。那时的女子虽说是由父母择配，然而父母的财产一点也不能带去，父母因为爱子的缘故，只得将贵重的材料去做这些装饰品，一来可以留住那服从的记号，二来可以教子女间接的承受产业。现在的印度人还有类乎这样的举动，印度女子也是不能承受父母的产业的。到要出嫁的时候，父母就用金镑或是银钱给她做装饰。将金钱连起来当饰品，也就没有人敢说那是父母的财产了。印度的新妇满身用"金镑链子"围住，也是和用贵重的材料去做装饰一样。不过印度人的方法妥当而且直接，不像用金银去打首饰的周折便了。

第三样是留发。头上的饰品自然是因为留长头发才有的，如果没有长头发，首饰也就无所附着了。古时的人类和现在的蛮族，男女留发的很多，断发的倒是很少。我想在古时候，男女留长头发是必须的，因为头发和他们的事业有直接的关系。人类起首学扛东西的方法，就是用头颅去顶的（现在好些古国还有这样的光景），他们必要借着头发做垫子。全身的毫毛惟独头发格外地长，也许是由于这个缘故发达而来的。至于当头发做装饰品，还是以后的事。装饰头发的模样非常之多，都是女子被男子征服以后，女子在家里没事做的时节，就多在身体的装饰上用功夫。

那些形形色色的髻子辫子都是女子在无聊生活中所结下来的果子。现在有好些爱装饰的女子，梳一个头就要费了大半天的工夫，可不是因为她们的工夫太富裕吗？

由以上三种事情看来，女子要在新社会里头活动，必定先要把她们的服饰改换改换，才能够配得上。不然，必要生出许多障碍来。要改换女子的服饰，先要选定三种要素——

（甲）要合乎生理。缠脚束腰结胸穿耳自然是不合生理的。然而现在还有许多人不曾想到留发也是不合生理的事情。我们想想头颅是何等贵重的东西，岂忍得教它"纳垢藏污"吗？要清洁，短的头发倒是很方便，若是长的呢，那就非常费事了。因为头发积垢，就用油去调整它；油用得越多，越容易收纳尘土。尘土多了，自然会变成"霉菌客栈"，百病的传布也要从那里发生了。

（乙）要便于操作。女子穿裙和留发是很不便于操作的。人越忙越觉得时间短少，现在的女子忙的时候快到了，如果还是一天用了半天的工夫去装饰身体，那么女子的工作可就不能和男子平等了。这又是给反对妇女社会活动的人做口实了。

（丙）要不诱起肉欲。现在女子的服饰常常和色情有直接的关系。有好些女子故意把她们的装束弄得非常妖冶，那还离不开当自己做玩具的倾向。最好就是废除等等有害的文饰，教凡身上的一丝一毫都有真美的价值。绝不是一种"卖淫性的美"就可以咧。

要合乎这三种要素，非得先和男子的服装一样不可，男子的服饰因为职业的缘故，自然是很复杂。若是女子能够做某种事业，就当和做那事业的男子的服饰一样。平常的女子也就可以和平常的男子一样。这种益处：一来可以泯灭性的区别；二来可以除掉等级服从的记号；三来可以节省许多无益的费用；四来可以得着许多有用的光阴。其余的益处还多，我就不往下再说了。总之，女子的服饰是有改换的必要的，要改换非得先和男子一样不可。

男子对于女子改装的怀疑，就是怕女子显出不斯文的模样来。女子自己的怀疑，就是怕难于结婚。其实这两种观念都是因为少人敢放胆去做才能发生的。若是说女子"断发男服"起来就不斯文，请问个个男子都不斯文吗？若说在男子就斯文，在女子就不斯文，那是武断的话，可以不必辩了。至于结婚的问题是很容易解决的。从前鼓励放脚的时候，也是有许多人怀着"大脚就没人要"的鬼胎，现在又怎样啦？若是个个人都要娶改装的女子，那就不怕女子不改装；若是女子都改装，也不怕没人要。

一年来的香港教育及其展望

作者做论文最怕"定造",因为"承接"的作品总得讨人喜欢，同时又很容易开罪于人。这篇也是承接来的定造文章之一，其中率直的话希望不会开罪于任何读者。作者先要声明的是他一向不会说刻薄话，也不喜欢用文字骂人，如有说得过火之处，乃因文章没做得好，并非故意吹毛，望读者原谅。

论到香港的教育，当然有许多连带的问题要读者先了解的。可惜限于篇幅，不能详说。作者只简略地指出几点，希望读者自己进一步去咀嚼。

一、香港的中国人有"华人"与"华侨"的分别。这是无形中自己分出来的。英国人并没有理会华人有"侨寓"与"土著"的分别，事实上土著回华，除非自己不愿意，仍是享有中华民国一切的权利；××××××，××××××，×××××××××××。所以华人与华侨在香港的权利义务毫无差别。看官府文书中统称之为"华民"，便可明白了。

二、香港办教育的可以分为两种：一是办华人教育的，一是办华侨教育的。办华人教育的，课程以大英祖家制度为准；而办华侨教育的要以大中华民国教育部所定章程为主。但格于地方情形华侨教育未必遵照部章办理。这分别与教育的动向有直接关系，在下面当要各说一点。

三、将好好的博物院与图书馆拆毁了来做停车场的香港，可见它的一般文化极不如早期殖民祖家。大班们对于文化的感情冷淡，华民耳濡目染，对于文化事业，当然也以为与个人无关，偶然举办什么，多半别具深心，功成身退。

四、香港虽在大海之北，而人类中的鲸、魔、虾、蟹、龙、蛇、鼋、鳖，无不容归。五方杂处，礼俗不齐，意志既不能统一，教育于是大半落在投机者，无主义者，两可论者，钓誉者的手里。真能为人为文化努力的，屈指可数。作者不敢怪他们，怪的是这地方。海无意于溺人，人自溺于其中，就是这个意思吧。

五、香港学生的家庭有许多是"人烟稠密"、"鸦雀有声"，绝不宣于学生生活。如果进的是楼上学校，学业更受影响。偷懒侥幸的习惯很易养成，政府当局如不注意，当然没人能够出来为有效的矫正。

现在再讲教育的本身。此地不能不缩小范围谈谈学校教育，其他如社会教育，家庭教育等等，暂不说到。关于学校教育，可以分出几点来说。第一是办教育的机关或个人。第二是学校的性质与管理。第三是课程。第四是学生的活动。

在香港，为中国人开的或收中国学生的学校的办理人可以分为下列几种。第一是政府办的皇家学校（现在或称官立学校）。第二是宗教团体办的。此中有公教，耶稣教，佛教，孔教，回教等。第三是公立学校，像商会，工会的学校，还多半是义学。第四是私立学校。此中有来路与本地之分，来路多半由广州分来或迁来，本地的多半属于"楼上学校"。第五是遵照古式，间或参照西法办理的私塾。皇家学堂有书院与大学的分别。书院有些从第一班办到第八班，八年之中要习完中小学课程。小学至高办到第六班，毕业后升入书院。不称书院而称中学的只有"官立汉文中学"。这种学校的校长，书院除"汉中外的"，都是英国人，小学间有华员充任，经费是十分充足，校舍也很像样，最著名如皇仁，英皇，庇理罗士等。宗教团体办的学校也相当地重要。其实香港的教育权是操在公教会的手里，在宗教团体中办学校最多的是公教会。教会办的学校与官立学校一样是办华人教育的，如华仁，拉沙，意大利教堂，圣保禄，等等都是。属于耶稣教的也不少，如阿跛（男拔萃），玫瑰行（女拔萃），男女圣士提反，男女圣保罗，男女英华，等等都是。其他宗教团体所办的学校没有什么特点，为数不多，当不具论。这些学校多半受政府津贴，经费也相当地充足。公立学校中最重要的是香港大学。它也是政府每年津贴三十多万的学校。在香港政府与人士眼中。只有这机关能供给高等教育，所以很被重视，以历任香港总督为监督，以英王为赞助人。这大学成立于一九一一年，到现在已经二十九年了。最初本港圣公会少数人动意要办一间大学，后来得本港暨南洋殷商解囊赞助，香港政府又拨给校址，于是成为一间公立性质的学校。那时两广总督张大骏也很赞成这事，与香港总督卢押同为创办赞助人。一九三一年以发展中国文化研究名义，一方面向中英两国政府请拨中英庚款，一方面再向南洋和本港捐款。从庚款获得二十六万五千金镑，南洋方面也得数十万。本港方面，又得冯平山先生捐建图书馆，邓志昂先生捐建中文学院。但自得款以后，中国的外交与教育当局都未过问，到底用在中国文化的研究上有多少，实在不得而知。其他公立学校多半是小学和义学。办法与一般学校无大差异，没什么特别的色彩，不必具论。私立学较有本地与来路二种。这二种都是办华侨教育的。本地私立学校多系个人创办，有些在两层楼房中由幼稚园办到高中，只要呈报教育司，派视学官来勘查过，以为房舍坚固，卫生设备充足，便可注册开办。如果要学生在国内能够升学的话，便可到侨务委员会。教育部，广东教育厅立案。读者如果在街上只看见大书"国民政府"……"侨务委员会……""中国教育部……""广东教育厅……"等等大招牌的门口，不要当作国民政府，侨务委员会等等，迁到香港来。在这种招牌中间或旁边，还有因谦卑而写小一点的学校名称。这也是表示办学校的人是有相当面子的。这类的学校多半是招牌充实。内容呢？待问。作者曾见有位办这种学校的先生，在名片上印上"教育家某某"，这意味与"酒家"、"饼家"是否相同，也有研究的价值。假如这"家"不作专家解，那么读者在看见一间学校的门口及其附近同时挂上四五个招牌的意思就可以了解了。来路学校的步伐比较整齐，在抗战以前几乎全是广州教会学校的"分校"如岭南，培英，培正，真光，是最著的。私塾多以"学塾"为名，多半是一位教师，教几十个学生。大一点的学塾也有用"小先生"制度的，以《四书》、《五经》、《古文评注》、《秋水轩尺牍》之类为主要课程，有许多学生在别处读英文，在学塾攻汉文，因为父兄们信老先生的学问比普通学校的国文教员高超。要两全其美，非如此不办。

学校的性质当然以中学为多。职业学校如打字，电气，交通，航空等，占极少数。官立的师范学校与航空学校办得比校像样，打字学校也有一二家好的。其余多是名不符实。一般高等专门学校可以说是没有，要求专门学问只有香港大学医科，工科，商科，及教育科可习。艺徒学校，公教曾办了几间，成绩还好。许多教会学校或"分校"与本地学校如民生、西南、华侨、梅芳等，都有宿舍，在学生课外生活上也很留意。其他的楼上学校，有些是校长（即办校人）全家坐镇，有些是教员兼看堂，楼梯口即教务处，课堂也是卧房。一想那情形，学生生活与教育设施都可不卜而知了。教员资格有些很好，但是冒充的也不在少数。学费在比较完备的学校是贵得出奇。有些实际只教两学期，竟然征收三学期学费的，这情形以教会学校为多，学生多花一个学期的学费，而所得学问的质量仍与授两个学期的相等，这若不是剥削，应作何解？

课程是最重要的。一个学生的前途专赖在中小学时代的训育与课程来造基础。因为有华侨与华人的歧途，课程当然受影响。香港学校的课程可以说是极不统一，有些甚至于不完备。遵照中国教育部章程办的多是在中国立案的学校。受香港教育司津贴的学校必得用教育司审定的课本。在香港教育司所辖的学校中本分为两系，一是以英文为主的，一是以汉文为主。要得到最高津贴费，必得是以英文为主的学校。我们不要忘记此地国语是英文，汉文是被看为土话或外国文的。所以凡是大地教育会所办的学校对于汉文都不注重，教汉文的老先生也没法鼓励学生注意习本国文字。学生相习成风也就看不起汉文。从这系统的学校毕业的学生多半出去"打工"，少数升入香港大学，或到外国去留学。以汉为主的学校，官方名之为"土话学校"，学生去路多不明。在中国立案的学校学生毕业后多半升入国内大学或专门学校。这是大概情形。至于课程的充实程度，各校很不一致。不专为华人办的学校，有些简直没有汉文及中国史地诸科，或教法文，或教西班牙文，或教葡萄牙文。华人入这种学校，大概是立定主意不做华人，打算在香港混一世的。为华人立的学校，多半是以老先生教汉文，他们当中也有很高的功名的，但是八股气太重，专教学生套"呜呼，盛衰之理……"一类的滥调，有些还绝对禁止学生作白话文。其实若把学生教得通，不会写出"如要停车乃可在此"，"私家重地"，"兵家重地"一类的文句，也就罢了，何必管它白话、黑话。此外如尺牍也列入国文课程里，无形中浪费了许多时间。以英文为主的学校，地理与历史的课程都很贫弱，中国历史几乎不教，对于要考香港大学的，迫得将三年的高中历史赶做一年，自己去修习，问起来，答案有些简直是错得不能受原谅。中国地理干脆没有。科学实验室除官立学校外，许多都没有，有的也不很完全。教科学的人才也很缺乏。大学的课程也有许多不完备之处，此地没工夫细细举出，请读者买一本香港大学"历书"来看看便知道了。考香港大学的英文程度要相当的高，所以照中国教育部定章办理的学校的毕业生能及格的很少。又因为学费太昂，在港大一年的费用几乎可以在内地度过三四年。这样不是贫寒子弟，除非得到助学金也不能轻易进去。

香港学生的活动除校内各种比赛会以外，最常见的是一年之中总有几次出来替慈善机关在街头卖花捐款。此举以女学生为多。卖花时期多半不在星期日。这样，偶然来一次不算什么，若做多了于课业当然是有碍的。自抗战以来，参加捐款、征收救护药品，制慰劳袋等等都很努力。自去年来，香港始有在香港大学学生领导下的香港学生联合医药筹赈会。香港大学教育系学生也办了一间夜义学，收了许多贩报童子、职业小工，来做学生。这次新界的难民营里，也有学生在那里服务，可以说是精神很好。其余的中学学生因为程度与时间的不足没有什么社会上的活动。

以上香港教育的大体情形，虽不是细严，也可以使读者明了它的轮廓。作者时时被人问：香港以大学堂为最高学府，而此学府所造出来的人才是否专为殖民地的用处？问的人不止一位，可见社会对于这点是抱着很大的疑问的。作者的回答未必能够解释香港教育家或来香港办学的大班先生们的意见，姑妄说之。原来殖民政府办学是一视同仁的。对于华民有为华民开的学校，对于印度民、英民，都给他们开学校。不过大学教育是公的。恰巧此地华人占百分之九十六七，当然为华人开的学校所占的百分比率很高。若不是华人与他们的本国政府的努力赞助，恐怕殖民政府没有什么计划，要立一间大学来做装饰品。英国祖家有很好的大学，英国学生尽可不必在香港受中等以上的教育。此地一说起，读者必要注意到在香港九龙的在学龄内的英童很少。男女在七岁以上都送回国去受教育，留住的，都有特别理由。街上行走的英国人不是七岁以下便是二十一岁以上，七岁至二十岁和五十五岁以上的都不多见。看来英国人自身没有在香港设立大学的必要。其他的英华，葡华，印华人口，多数也归入华、葡两籍，只要随着华人，葡人或英人的走就够了。大学设置目的据前辈的指示，有三点。一是英国朋友要为中国栽培人才。因为创办时，中国只有京师大学，北洋大学，和几间高等专门学校，显然在南方有办一间大学的必要。二是表示英国高等教育的典型。因为中国学制采取日本，美国，向来没注意到英国的导师制与绅士风。三是为提高香港殖民地的文化水平线。无论如何，大学的设置是具有十分善意的。至于华人可以加入的学校，当然不唱"三民主义"，如不唱耶稣歌，便得唱英国歌。孩子们在这样学校，不能受到中国文化的灌顶，也只能怪自己的父兄，不能怪热心教育的神父，牧师，×××。××××××××××××××××××。他有一个很深沉的忧虑，是现代的学校多产出有知识的人少产生有思想的人。知的太多，想的太少，结果教育是向制造享用的人那条路走，而不注意去制造有用的人。享用的人的知识是为商品而求的，只要工厂会出新花样，他一定乐于购置。这情形在通都大邑都可以看出来，不必限于区区的香港。还有一种教育是专造就可用的人的。这是殖民地教育的本来要求。可用不定是有用，因为前者是不顾虑前途的发展的。当需要时可以用，不需要时也可以不用。这也可以称为消极或被动的教育。作者对于一般的殖民地教育都有这样的印象。作者愿意读者诸君多问自己，香港的教育，应属何等？

讲实际一点的罢。作者以为香港的高等教育是应该提倡的。野鸡式的大学希望不要随着上海来的女向导，夜总会，产生出来。一间纯系华人办理设备完全，学费相宜的私立大学似乎是很需要的。至于香港大学本是含有国际性的，它可以发展到更完备的地步。不久，公教的法国奶奶便要在大学里建筑女生宿舍，我们希望他们能够给女学生很好的训育。中国政府由中英庚款又拨了些钱给大学，也希望当局能够善于运用。关于中等以下的教育凡在中国政府立案的应该事权统一，不要有教育厅不许注册，而侨务委员会取发凭嘉奖，特许立案情形。视学员也得负一点责任，应当随时考察，不要来到就吃金龙，去后写一页好报告。办学校不能讲裙带关系，也不能讲管鲍交谊，办得好说好，不好就说不好，那么受津贴才没惭愧。许多学校都缺乏图书仪器，似乎要一个公用的图书馆与理化实验室。如果各私立学校分别负担经费，想也不难办到。儿童教育馆也是必要的。香港九龙的学龄儿童无力入学的为数很多。他们整日在街头巷尾当"牛王仔"，有些把时间消磨在连环图书摊看《阿 Q 游地狱》、《火烧红莲寺》。有心人对于这多数的将来主人是不是有动于衷？作者前年曾在《大光报》发表过一篇儿童教育计划书，至今二年，毫无响应者。可怜之至。

以上希望大家注意。作者以为教育的目的在拔苦。拔苦的路向是启发昏蒙和摧灭奴性。一切罪恶与堕落都是由于无理解与不自尊而来。教育者的任务是给予学生理智上的光明与养成他的自尊自由的性格。但这两样，现代的教育家未曾做到，反而加以摧残，所以有用的人无从产生。如果有完备的学校教育和补充的社会教育，使人人能知本国文化的可爱可贵，那就不会产生自己是中国人而以不知中国史，不懂中国话为荣的"读番书"的子女们了。奴性与昏蒙不去，全个民族必然要在苦恼闷闷的沙漠中徒生徒死，愿负教育责任的人们站起来，做大众的明灯，引后辈到永乐的境界。

《解放者》弁言

我不信文章有绝对的好坏。好坏只系在作者的暗示与读者的反应当中。对于一篇作品,除非每个读者的了解相等和思想相近,定不能有相同的评价。所以作者在下笔时当然要立定文心,就是自己思维:"我写这篇文字要给谁看?"和"我为什么要写这篇文字?"这两个问题。他不要写给文盲者看是一定的,因为不认得字也就毋须读了。他的意想的读者是思想暗、感情暗、意志暗、道德暗的人们,是思想盲、感情盲、意志盲、道德盲的人们,是思想闷、感情闷、意志闷、道德闷的人们。但他不是写自然科学,不是写犯罪学,不是写心理学,不是写恋爱学,不是写社会学,不是写道德学,不是写哲学,乃至不是写任何学术。他只用生活经验来做材料,组织成为一篇文字,试要在个人的生活经验和观察中找寻他的知音者。他不计较所作的成功或失败。他直如秋夏间的鸣虫,生活的期间很短,并没有想到所发的声音能不能永久地存在,只求当时的哀鸣立刻能够得着同情者。他没有派别,只希望能为那环境幽暗者作明灯,为那觉根害病者求良药,为那心意烦闷者解苦恼。作者能做到这地步,目的便达到了。

年来写的不多，方纪生先生为我集成这几篇，劝我刊行，并要我在卷头写几句。自量对于小说一道本非所长，也没有闲情来做文章上的游戏，只为有生以来几经淹溺在变乱的渊海中，愁苦的胸襟蕴怀着无尽情与无尽意，不得不写出来，救自己得着一点慰藉，同时也希望获得别人的同情。如今所作既为一二位朋友所喜，就容我把这小册子献给他们。

民国二十二年一月落华生四十生日述于北京

《萤灯》小引

　　萤是一种小甲虫。它的尾巴会发出青色的冷光，在夏夜的水边闪烁着，很可以启发人们的诗兴。它的别名和种类在中国典籍里很多，好像耀夜、景天、熠耀、丹良、丹鸟、夜光、照夜、宵烛、挟火、据火、熠磷、夜游女子、蚈、炤等等都是。种类和名目虽然多，我们在说话时只叫它作萤就够了。萤的发光是由于尾部薄皮的下有许多细胞被无数小气管缠绕着。细胞里头含有一种可燃的物质，有些科学家怀疑它是一种油类，当空气通过气管的时候，因氧化作用便发出光耀。不过它的成分是什么，和分泌的机关在哪里，生物学家还没有考察出来，只知道那光与灯光不同，因为后者会发热，前者却是冷的。我们对于这种萤光，希望将来可以利用它。萤的脾气是不愿意与日月争光的。白天固然不发光，就是月明之夜，它也不大喜欢显出它的本领。

　　自然的萤光在中国或外国都被利用过。墨西哥海岸的居民从前为防海贼的袭掠，夜间宁愿用萤火也不敢点灯。美洲劳动人民在夜里要通过森林，每每把许多萤虫绑在脚趾上。古巴的妇人在夜会时，常爱用萤来做装饰，或系在衣服上，或做成花样戴在头上，我国晋朝的车胤，因为家贫，买不起灯油，也利用过萤光来读书。古时好奇的人也曾做过一种口袋叫作聚萤囊，把许多萤虫装在囊中，当作玩赏用的灯。不但是人类，连小裁缝鸟也会逮捕萤虫，用湿泥粘住它的翅膀安在巢里，为的是叫那囊状的垂巢在夜间有灯。至于扑萤来玩或做买卖的，到处都有。有些地方，像日本，还有萤虫批发所，一到夏天就分发到都市去卖。隋炀帝有一次在景华宫，夜里把好几斛的萤虫同时放出才去游山，萤光照得满山发出很美丽的幽光。

关于萤的故事很多。北美洲人的传说中有些说太古时候有一个美少年住在森林里，因为失恋便化成一只大萤飞上天去，成为现在的北极星。我国从前都以为萤是腐草所变的。其实萤的幼虫是住在水边的，所以池塘的四周在夏夜里常有萤火点缀着。岸边的树影加上点点的微光，我们想想，是多么优美呢！

我们既经知道萤虫那样含有浓厚诗意，又是每年的夏夜在到处都可以看见的，现在让我说一段关于萤的故事罢。

1941 年 6 月

序《野鸽的话》

写文的时候，每觉得笔尖有鬼。有时胸中有千头万绪，写了好几天，还是写不出半个字来。有时脑里没一星半点意思，拿起笔来，却像乩在沙盘上乱画，千言万语，如瀑如潮，顷刻涌泻出来。有时明知写出来不合时宜，会挨讥受骂，笔还是不停地摇。有时明知写出来人会欢迎，手却颤动得厉害，一连在纸上杵成天数污点。总而言之，写文章多是不由自主，每超出爱写便写之上，真正的作家都是受那不得不写的鬼物所驱使。

我又觉得写文的目的若果专在希冀读者的鉴赏或叫绝的话，这种作品是绝对地受时间空间和思想所限制的。好作品不是商品，不必广告，也不必因为人欢迎便多用机器来制造。若不然，这样的作品一定也和机器货化学货一样，千篇一律。做好文章的作家的胸中除掉他自己的作品以外，别的都不存在，只有作品本身是重要的。读者不喜欢不要紧；挨讥刺也不要紧；挨骂更不要紧；卖不出去尤其不要紧。作者能依个人的理解与兴趣在作品上把精神集中于生活的一两个问题上也就够了。

现在中国文坛上发生了许多争论。其中最重要的一点是所谓文学的"积极性"。我不懂这名词的真诠在什么地方。如果像朋友们告诉我说，作者无论写什么，都要旗帜鲜明。在今日的中国尤其是要描写被压迫的民众的痛苦，和他们因反抗而得最后的胜利。这样，写小说必得"就范"。一篇一篇写出来，都得像潘金莲做给武大郎的炊饼，两文一个，大小分量都是一样，甚至连饼上的芝麻都不许多出一粒！所谓积极性，归到根的，左不过是资本家压迫劳工，劳工抵抗，劳工得最后的胜利；或是地主欺负农民，农民暴动，放火烧了地主全家，因得分了所有的土地。若依定这样公式做出来，保管你看过三两篇以后，对于含有积极性的作品，篇篇都可以背得下来，甚至看头一句便知道末一句是什么。文章的趣味，到这步田地可算是完了。我并非反对人写这种文章。我承认它有它的效用。不过，若把文学的领域都归纳在这范畴里，我便以为有点说不下去。若是文坛的舆论以为非此不可的话，我便祈愿将那些所谓无积极性的作品都踢出文学以外，给它们什么坏的名目都可以。

　　人类的被压迫是普遍的现象。最大的压迫恐怕还是自然的势力，用佛教的话，是"生老病死"。农工受压迫的是事实，难道非农非工便都是吃人的母夜叉母大虫；难道压迫农工的财主战主没有从农工出身的；难道农工都是无用者？还有许多问题都是不能用公式来断定的。我不信凡最后的胜利都值得羡慕。我不信凡事都可以用争斗或反抗来解决。我不信人类在自然界里会有得到最后胜利的那一天。地会老，天会荒，人类也会碎成星云尘，随着太空里某个中心吸力无意识地绕转。所以我看见的处处都是悲剧；我所感的事事都是痛苦。可是我不呻吟，因为这是必然的现象。换一句话说，这就是命运。作者的功能，我想，便是启发读者这种悲感和苦感，使他们有所慰藉，有所趋避。如果所谓最后胜利是避不是克，是顺不是服，那么我也可以承认有这回事。所谓避与顺并不是消极的服从与躲避，乃是在不可抵挡的命运中求适应，像不能飞的蜘蛛为创造自己的生活，只能打打网一样。天赋的能力是这么有限，人，能做什么？打开裤裆捉捉虱子，个个都能办到；像阿特拉斯要扛着大地满处跑的事只能在虚空中出现罢。无论如何，愚公可以移山夸父不能追日，聪明人能做得到的，愚拙人也可以做得到。然而我只希望不要循环地做，要向上地做。我受了压迫，并不希望报复，再去压迫从前的压迫者。我只希望造成一个无压迫的环境，一切都均等地生活着。如果用这个来做文心，我便以为才是含有真正的积极性。

又，像我世代住在城市，耳目所染，都是城市生活和城市人的痛苦。我对于村庄生活和农民不能描写得很真切，因为我不很知道他们。我想，一个作者如果是真诚的话，一定不会放着他所熟悉的不写，反去写他所不知的。生活的多方面，也不能专举一两种人来描写，若说要做一个时髦的作家必得描写农工，那么我宁愿将我的作品放在路边有应公的龛里，让那班无主孤魂去读。

颖柔先生的文学生涯已过了十几年。虽然因他不常写，写也不为卖钱的原故，有一两篇在结构上似乎有点生涩或不投时尚，但他的文学率真，有趣，足能使人一读便不肯放手。从前的人们拿小说当安眠药，拿起书来，望床上一躺，不管看的是什么，是哪一回，胡乱地读一阵，到打个哈欠，眼睛渐闭，书掉在地上，就算得着其中意味了。颖柔的作品却是兴奋剂。他描写的不出他的经验和环境，内容也不含有积极性，只为描写而描写，可是教人越读越精神。他每篇都寓着他个人的人生观，最可注意的是他不以一般已成的道德和信仰为全对。他觉得这当中有时甚至是虚伪，可憎，和危险。现在他把从前所写的小说和散文等集成一小册，名为《野鸽的话》。因为是老同学，对于他的文章又有同调的感触，所以不妨借题发挥，胡说一气。我想我这样解释颖柔的作品，他一定不会见隆。

1935 年 4 月

蔡子民先生的著述

认识蔡先生的人们都知道他的学问渊博，人格健全，但总没机会看见一部蔡先生自订的《文存》或《学术论著》之类。

蔡先生到底没写过什么伟大与不朽的论文，可是这个不能说他没有学问。学问在学者身上每显出两种功用：第一是知其所学，终身用它来应世接物；第二是明其所知，努力把它传递给后人。越是有学问的人越能应用他所学的到自己身上。"读圣贤书，所学何事？"正是学者对于学问的第一种功用所发的反问。一个谨于修身、勤于诲人、忠于事国的学者，倒不必有什么可以藏诸名山的著作，更没工夫去做那一般士大夫认为隽美的锟钉文章。他的人格便是他的著作，他的教诲，便是他的著作。试看见蔡先生长北京大学以后，在他指导之下，近二十年来，全国有多少在各门各类中见地超越与知识深邃的学者与那最高学府没有关系？蔡先生为他的友生们设计，给他们各人有阐明所学与深究所知的机会，这功绩当比自己在各种学问上做些铅椠佣所做的肤浅的文字较为伟大。

蔡先生参加革命运动的时候，个人生活，在经济方面，是非常困难的。那时候，他一面办报，一面译书。因为要避免当时执政者的注意，他曾用"蔡振"的名字来做笔名。译书也不过为糊口计，不尽是传播学问。不过他没有做那比较容易销售的翻译《欧美名家小说》的事业。他早已认定最高的学问在哲学，知识的强敌是迷信，感情与意志所寄托的在美，于是从事于哲学教科书的编译。《哲学大纲》是取材于德国历希脱尔的哲学导言，泡尔生与冯德二氏的《哲学入门》，和其他参考书编成的。《哲学纲要》是取材于德国文得而班的《哲学入门》编成的。泡尔生《伦理学原理》是据日本蟹江义丸的译本转译的。他又译了日本井上圆了的《妖怪学讲义》，但只有第一卷，其他五卷可惜未译出来。这是一部破除迷信的大著，希望以后有人费些工夫继续译成它。在著作方面可以提出的是《石头记索隐》，《教授法原理》，《中国伦理学史》，《美育实施的方法》及《华工学校讲义》。他的译著多数在商务印书馆出版，因为他的笔墨生涯很早就寄托在那印书馆的编译所里。此外零篇文字，除在新潮社编的《蔡子民先生言行录》收集以外，二十年来所写的还没有集成，但我们在那本二十年前的集录已经可以看出蔡先生的思想的轮廓。

这里要特别提出来的是附在《言行录》里的《华工学校讲义》。那是为留法的华工写的。那书的内容是《德育讲义》三十篇，《智育讲义》十篇，我们把书中各篇细读一遍，就觉得作者早已理会灌输德育、智育等知识给那没多少机会受完全教育的劳力同胞是救护民族的重要工作。士大夫对于学问所缺的不在知而在行；农工们所急需的只在知，没有知识就容易瞎作胡为，假使能够给他们充分的知识，国家民族的进步当然会加倍地快。我们常感觉得长篇大论，对于劳动的群众是不相宜的。他们不但不能用专心去读一本上万字的书，并且也没工夫去念，所以需要一种几分钟可以读完的简明的小册子。在《华工学校讲义》里，蔡先生所选的题材都非常切用，如合众，合己为群，公众卫生，爱护公物，尽力于公益，勿畏强而侮弱，戒失信，戒狎侮，理信与迷信，自由与放纵，热心与野心，互助与依赖，爱情与淫欲，有恒与保守等都是做成健全公民所需知道的。这书好像没有编完，因为关于智育的只有十篇，而且很不完全。

　　蔡先生是提倡以美育代宗教的。这是他对于信仰的态度。从他的言论看来，他是主张理信的，他信人间当有永久的和平与真正的康乐。要达到这目的，不能全靠知，还要依赖对于真理的信仰。能知能行，不必有什么高尚的理想，要信其所知的真理与原则，必能引人类达到至善诚心尽力地去实现它，才是真正实行。所以知与行还不难，信理才是最难的事。蔡先生是个高超的理想家，同时又是个坦白的实践家，他的学问只这一点，便可以使景仰他的人们，终生应用。世间没有比这样更伟大、更恒久的学问。

1940 年 3 月 24 日

《扶箕迷信的研究》结论

综以上所引一百三十故事看来，扶箕不过是心灵作用的一种表现。当一种知识去研究它，当会达到更了解心灵交感现象的地步。若只信它是神秘不可思议，沙盘上写什么就信什么，那就会坠落魔道了。假如我们借扶箕能够对于国政有所施设，也不过是从旧观念里找出来的，还不如信赖科学来使人类在精神与物质求得进步。扶箕者的心理多半是自私自利的。我认得与知道许多信箕的人，都是为自己的利禄求箕示。箕仙从没有一次责骂过其中贪黩之辈，相反的，甚至暗示他们去为非作歹。有一个我知道的"革命策源地"的官僚，满屋悬着箕仙所赐的书画与道德教训，自己在官时却是一个假公济私，擅于搜括的无耻者。然则乩仙未必尽以道德教人，人不听他们的教训，他们也无可奈何，扶箕有什么宗教的价值呢？

数十年来受过高等教育的人很多，对于事物好像应当持点科学态度，而此中人信扶箕的却很不少，可为学术前途发一浩叹。又见赌博的越来越多，便深叹国人的不从事于知识的努力，其原因一大半部分是对于学问没兴趣，对于人事信命运，在信仰上胡乱崇拜。箕仙指示他等机缘，他只好用赌博的行为来等候着，因此养成对于每事都抱一种侥幸心和运气思想。"学而不思"的人在受教育的人当中为什么会这么多呢？只会没系统地看杂书，没有正当知识的粮食固然是一个原因；虚名，权位，得来太容易也是另一个病根。王静安先生说：

　　日之暮也，人之心力已耗，行将就床，此时不适于为学，非与人闲话，则但可读杂记小说耳。人之老也，精力已耗，行将就木，此时亦不适于为学，非枯坐终日，亦但可读杂记小说耳，今奈何一国之学者而无朝气，无注意力也？其将就睡欤，抑将就木欤？吾不得而知之，吾但祈孔子与闵子骞之言之不验而已矣（《静庵文集续编，教育小言十则》，商务印书馆本第十五册，五十八页）。

　　真的，中国人只会写与会读杂记小说。他们是无朝气无注意力，将就床和将就木的人。这篇论文特从笔记中取材，也是对于注意力不集中的材料中试要找出一条有系统而说得可通的道理来。知识的材料诚然可以从这些杂乱无章的作品中搜集，但若当作珍闻奇事，杂乱无章地抄下来，那就不值得做了。在这篇里没引到的扶箕故事还有许多，大体上也越不出上头所列的范围。那些只有一诗一文的，更是无关紧要了。

　　作者并没有把这篇当作心灵学的研究的野心，心理学与心灵学是很专门的学问，不是作者所深究的科目。作者只希望篇中所供给的材料值得供专门家研究的用处，使学术界多得些新光，那就满足了。这书只为一般读者写的。希望读过的人能够明了扶箕并不是什么神灵的降示，只是自己心灵的作怪而已。在这书里头，还可以使我们注意到，是许多扶乩故事都是反映我们民族的道德行为与社会政治生活的。士子学未成便要问前程，临考试又想侥幸地预知题目，弄到他日出来做事的时候，遇事存侥幸心，到不可开交时，又推给命运。一般无权无位的人也是消极地生存着，如故事（九十）就是十足表现这态度。官吏多是贪污的，无事还要生事，有小事当然更要化为大事了。办公事只会因循套调，事事专在文字上咬嚼，不求事实上的利害，如故事（百零九）那位绍兴师爷的鬼灵所指示的就是十足反映书吏政治的光景。官僚的腐化，影响及于神灵，在故事（百十一）里，神也会"轧姘头"了！故事（九五）的马画师是因替人作淫画奉承大吏以致双目几乎瞎了。其他等等种类，难以遍举，希望读者能从这个角度来体会。纪晓岚先生记扶箕的事最多，观察力也比较好。他的见解，在故事（百二八）所表示的，虽不完备，也可以看出他老人家是不随便迷信的。至于属乎灵感与灵动的外国事例，可以翻阅变态心理学与心灵学一类的书籍，比这篇所举事例还要离奇的，如二重人格，人格破碎，人畜交感，等等，都是很有趣，很可以帮助我们破除许多类的迷信的。因为本篇的范围只限于扶箕，所以没空闲写那么多。

民国二十九年九月脱稿

读《芝兰与茉莉》因而想及我的祖母

正要到哥仑比亚底检讨室里校阅梵籍，和死和尚争虚实，经过我底邮筒，明知每次都是空开底，还要带着希望姑且开来看看。这次可得着一卷东西，知道不是一分钟可以念完底，遂插在口袋里，带到检讨室去。

我正研究唐代佛教在西域衰灭底原因，翻起史太因在和阗所得的唐代文契，一读马令痣同母党二娘向护国寺僧虎英借钱底私契，妇人许十四典首饰契，失名人底典婢契等等，虽很有趣，但掩卷一想，恨当时的和尚只会营利，不顾转法轮，无怪回纥一入，便尔扫灭无余。

为释迦文担忧，本是大愚：曾不知成、住、坏、空，是一切法性？不看了，掏出口袋里底邮件，看看是什么罢。

《芝兰与茉莉》

这名字很香呀！我把纸笔都放在一边，一气地读了半天工夫——从头至尾，一句一字细细地读。这自然比看唐代死和尚底文契有趣。读后底余韵，常绕缭于我心中；像这样的文艺很合我情绪底胃口似地。

读中国底文艺和读中国底绘画一样。试拿山水——西洋画家叫做"风景画"——来做个例：我们打稿（Composition）是鸟瞰的、纵的，所以从近处底溪桥，而山前底村落，而山后底帆影，而远地底云山；西洋风景画是水平的、横的；除水平线上下左右之外，理会不出幽深的、绵远的兴致。所以中国画宜于纵的长方，西洋画宜于横的长方。文艺也是如此：西洋人的取材多以"我"和"我底女人或男子"为主，故属于横的、夫妇的；中华人底取材多以"我"和"我底父母或子女"为主，故属于纵的、亲子的。描写亲子之爱应当是中华人底特长；看近来底作品，究其文心，都函这唯一义谛。

爱亲底特性是中国文化底细胞核，除了它，我们早就要断发短服了！我们将这种特性来和西洋的对比起来，可以说中华民族是爱父母的民族；那边欧西是爱夫妇的民族。因为是"爱父母的"，故叙事直贯，有始有终，源源本本，自自然然地说下来。这"说来话长"底特性——很和拔丝山药一样地甜热而粘——可以在一切作品里找出来。无论写什么，总有从盘古以来说到而今底倾向。写孙悟空总得从猴子成精说起；写贾宝玉总得从顽石变灵说起；这写生生因果底好尚是中华文学底文心，是纵的，是亲子的，所以最易抽出我们底情绪。

八岁时，读《诗经》《凯风》和《陟岵》，不晓得怎样，眼泪没得我底同意就流下来？九岁读《檀弓》到"今丘也，东西南北之人也"一段，伏案大哭。先生问我，"今天底书并没给你多上，也没生字，为何委曲？"我说："我并不是委曲，我只伤心这'东西南北'四字。"第二天，接着念"晋献公将杀其世子申生"一段，到"天下岂有无父之国哉？"又哭。直到于今，这"东西南北"四个字还能使我一念便伤怀。我尝反省这事，要求其使我哭泣底缘故。不错，爱父母的民族底理想生活便是在这里生、在这里长、在这里聚族、在这里埋葬，东西南北地跑当然是一种可悲的事了。因为离家、离父母、离国是可悲的，所以能和父母、乡党过活底人是可羡的。无论什么也都以这事为准绳：做文章为这一件大事做，讲爱情为这一件大事讲，我才理会我底"上坟瘾"不是我自己所特有，是我所属底民族自盘古以来遗传给我底。你如自己念一念"可爱的家乡啊！我睡眼矇眬里，不由得不乐意接受你欢迎的诚意。"和"明儿……你真要离开我了么？"应作如何感想？

爱夫妇的民族正和我们相反。夫妇本是人为，不是一生下来就铸定了彼此的关系。相逢尽可以不相识，只要各人带着，或有了各人底男女欲，就可以。你到什么地方，这欲跟到什么地方；它可以在一切空间显其功用，所以在文心上无需溯其本源，究其终局，干干脆脆，Just a word，也可以自成段落。爱夫妇的心境本含有一种舒展性和侵略性，所以乐得东西南北，到处地跑。夫妇关系可以随地随时发生，又可以强侵软夺，在文心上当有一种"霸道"、"喜新"、"乐得"、"为我自己享受"底倾向。

总而言之，爱父母的民族底心地是"生"；爱夫妇的民族底心地是"取"。生是相续的；取是广延的。我们不是爱夫妇的民族，故描写夫妇，并不为夫妇而描写夫妇，是为父母而描写夫妇。我很少见——当然是我少见——中国文人描写夫妇时不带着"父母的"底色彩；很少见单独描写夫妇而描写得很自然的。这并不是我们不愿描写，是我们不惯描写广延性的文字底缘故。从对面看，纵然我们描写了，人也理会不出来。

《芝兰与茉莉》开宗第一句便是"祖母真爱我！"这已把我底心牵引住了。"祖母爱我"，当然不是爱夫妇的民族所能深味，但它能感我和《檀弓》差不了多少。"垂老的祖母，等得小孩子奉甘旨么？"子女生活是为父母底将来，父母底生活也是为着子女，这永远解不开底结，结在我们各人心中。触机便发表于文字上。谁没有祖父母、父母呢？他们底折磨、担心，都是像夫妇一样有个我性底么？丈夫可以对妻子说："我爱你，故我要和你同住；"或"我不爱你，你离开我罢。"妻子也可以说："人尽可夫，何必你？"但子女对于父母总不能有这样的天性。所以做父母底自自然然要为子女担忧受苦，做子女底也为父母之所爱而爱，为父母而爱为第一件事。爱既不为我专有，"事之不能尽如人意"便为此说出来了。从爱父母的民族眼中看夫妇底爱是为三件事而起，一是继续这生生底线；二是往溯先人底旧典；三是承纳长幼底情谊。

　　说起书中人底祖母，又想起我底祖母来了。"事之不能尽如人意者，夫复何言！"我底祖母也有这相同的境遇呀！我底祖母，不说我没见过，连我父亲也不曾见过，因为她在我父亲未生以前就去世了。这岂不是很奇怪的么？不如意的事多着呢！爱祖母底明官，你也愿意听听我说我祖母底失意事么？

　　八十年前，台湾府——现在的台南——城里武馆街有一家，八个兄弟同一个老父亲同住着，除了第六、七、八底弟弟还没娶以外，前头五个都成家了。兄弟们有做武官底，有做小乡绅底，有做买卖底。那位老四，又不做武官又不做绅士，更不会做买卖；他只喜欢念书，自己在城南立了一所小书塾名叫窥园，在那里一面读，一面教几个小学生。他底清闲，是他兄弟们所羡慕，所嫉妒底。

　　这八兄弟早就没有母亲了。老父亲很老，管家底女人虽然是妯娌们轮流着当，可是实在的权柄是在一位大姑手里。这位大姑早年守寡，家里没有什么人，所以常住在外家。因为许多弟弟是她帮忙抱大底，所以她对于弟弟们很具足母底威仪。

那年夏天，老父亲去世了。大姑当然是"阃内之长"，要督责一切应办事宜底。早晚供灵底事体，照规矩是媳妇们轮着办底。那天早晨该轮到四弟妇上供了。四弟妇和四弟是不上三年底夫妇，同是二十多岁，情爱之浓是不消说底。

大姑在厅上嚷："素官，今早该你上供了。怎么这时候还不出来？"

居丧不用粉饰面，把头发理好，也毋需盘得整齐，所以晨妆很省事。她坐在妆台前，嚼槟榔，还吸一管旱烟。这是台湾女人们最普遍的嗜好。有些女人喜欢学土人把牙齿染黑了，她们以为牙齿白得像狗底一样不好看，将槟榔和着羌叶、熟灰嚼，日子一久，就可以使很白的牙齿变为漆黑。但有些女人是喜欢白牙底，她们也嚼槟榔，不过把灰减去就可以。她起床，漱口后第一件事是嚼槟榔，为底是使牙齿白而坚固。外面大姑底叫唤，她都听不见，只是嚼着；还吸着烟在那里出神。

四弟也在房里，听见姊姊叫着妻子，便对她说："快出去罢。姊姊要生气了。"

"等我嚼完这口槟榔，吸完这口烟才出去。时候还早咧。"

"怎么你不听姊姊底话？"

"为什么要听你姊姊底话？你为什么不听我底话？"

"姊姊就像母亲一样。丈夫为什么要听妻子底话？"

"'人未娶妻是母亲养底，娶了妻就是妻子养底。'你不听妻子底话，妻子可要打你好像打小孩子一样。"

"不要脸，哪里来得这么大的孩子！我试先打你一下，看你打得过我不。"老四带着嬉笑的样子，拿着拓扇向妻子底头上要打下去。妻子放下烟管，一手抢了扇子，向着丈夫底额头轻打了一下，"这是谁打谁了！"

夫妇们在殡前是要在孝堂前后底地上睡底，好容易到早晨同进屋里略略梳洗一下，借这时间谈谈。他对于享尽天年底老父亲底悲哀，自然盖不过对于婚媾不久的夫妇底欢愉。所以，外头虽然尽其孝思；里面底"琴瑟"还是一样地和鸣。中国底天地好像不许夫妇们在丧期有谈笑底权利似的。他们在闹玩时，门帘被风一吹，可巧被姊姊看见了。姊姊见她还没出来正要来叫她，从布帘飞处看见四弟妇拿着拓扇打四弟，那无明火早就高起了一万八千丈。

"哪里来底泼妇，敢打她底丈夫！"姊姊生气嚷着。

老四慌起来了。他挨着门框向姊姊说："我们闹玩，没有什么事。"

"这是闹玩底时候么？怎么这样懦弱，教女人打了你，还替她说话？我非问她外家，看看这是什么家教不可。"

他退回屋里，向妻子伸伸舌头，妻子也伸着舌头回答他。但外面越呵责越厉害了。越呵责，四弟妇越不好意思出去上供，越不敢出去，越要挨骂，妻子哭了。他在旁边站着，劝不是，慰也不是。

她有一个随嫁底丫头，听得姑太越骂越有劲，心里非常害怕。十三四岁底女孩，哪里会想事情底关系如何？她私自开了后门，一直跑回外家，气喘喘地说，"不好了！我们姑娘被他家姑太骂得很厉害，说要赶她回来咧！"

亲家爷是个商人，头脑也很率直，一听就有了气，说，"怎样说得这样容易——要就取去，不要就扛回来？谁家养女儿是要受别人底女儿欺负底？"他是个杂货行主，手下有许多工人，一号召，都来聚在他面前。他又不打听到底是怎么一回事，对着工人们一气地说："我家姑娘受人欺负了。你们替我到许家去出出气。"工人一轰，就到了那有丧事底亲家门前，大兴问罪之师。

里面底人个个面对面显出惊惶的状态。老四和妻子也相对无言，不晓得要怎办才好。外面底人们来得非常横逆，经兄弟们许多解释然后回去。姊姊更气得凶，跑到屋里，指着四弟妇大骂特骂起来。

"你这泼妇，怎么这一点点事情，也值得教外家底人来干涉？你敢是依仗你家里多养了几个粗人，就来欺负我们不成？难道你不晓得我们诗礼之家在丧期里要守制底么？你不孝的贱人，难道丈夫叫你出来上供是不对的，你就敢用扇头打他？你已犯七出之条了，还敢起外家来闹？好，要吃官司，你们可以一同上堂去，请官评评。弟弟是我抱大底，我总可以做抱告。"

妻子才理会丫头不在身边。但事情已是闹大了，自己不好再辩，因为她知道大姑底脾气，越辩越惹气。

第二天早晨，姊姊召集弟弟们在灵前，对他们说："像这样的媳妇还要得么？我想待一会就扛她回去。"这大题目一出来，几个弟弟都没有话说；最苦的就是四弟了。他知道"扛回去"就是犯"七出之条"时"先斩后奏"底办法，就颤声地向姊姊求情。姊姊鄙夷他说："没志气的懦夫，还敢要这样的妇人么？她昨日所说底话我都听见了。女子多着呢，日后我再给你挑个好的。我们已预备和她家打官司，看看是礼教有势，还是她家工人底力量大。"

当事的四弟那时实在是成了懦夫了！他一点勇气也没有，因为这"不守制"、"不敬夫"底罪名太大了，他自己一时也找不出什么话来证明妻子底无罪，有赦免底余地。他跑进房里，妻子哭得眼都肿了；他也哭着向妻子说："都是你不好！"

"是，……是……我我……，我不好，我对对……不起你！"妻子抽噎着说。丈夫也没有什么话可安慰她，只挨着她坐下，用手抚着她底脖项。

果然姊姊命人雇了一顶轿子，跑进房里，硬把她扶出来，把她头上底白麻硬换上一缕红丝，送她上轿去了。这意思就是说她此后就不是许家底人，可以不必穿孝。

"我有什么感想呢？我该有怎样的感想呢？懦夫呵！你不配腼颜在人世，就这样算了么？自私的我，却因为不贯彻无勇气而陷到这种地步，夫复何言！"当时他心里也未必没有这样的语言。他为什么懦弱到这步田地？要知道他原不是生在为夫妇的爱而生活底地方呀！

王亲家看见平地里把女儿扛回来，气得在堂上发抖。女儿也不能说什么，只跪在父亲面前大哭。老亲家口口声声说要打官司，女儿直劝无需如此，是她底命该受这样折磨底，若动官司只能使她和丈夫吃亏，而且把两家底仇恨结得越深。

老四在守制期内是不能出来底。他整天守着灵想妻子。姊姊知道他底心事，多方地劝慰他。姊姊并不是深恨四弟妇，不过她很固执，以为一事不对就事事不对，一时不对就永远不对。她看"礼"比夫妇底爱要紧。礼是古圣人定下来，历代的圣贤亲自奉行底。妇人呢？这个不好，可以挑那个。所以夫妇底配合只要有德有貌，像那不德、无礼的妇人，尽可以不要。

出殡后，四弟仍到他底书塾去。从前，他每夜都要回武馆街去底，自妻去后，就常住在窥园。他觉得一到妻子房里冷清清地，一点意思也没有，不如在书房伴着书眠还可以忘其愁苦。

唉，情爱被压底人都是要伴书眠底呀！

天色晚，学也散了。他独在园里一棵芒果树下坐着发闷。妻子底随嫁丫头蓝从园门直走进来，他虽熟视着，可像不理会一样。等到丫头叫了他一声"姑爷"，他才把着她底手臂，如见了妻子一般。他说："你怎么敢来？……姑娘好么？"

"姑娘命我来请你去一趟。她这两天不舒服，躺在床上哪，她吩咐掌灯后才去，恐怕人家看见你，要笑话你。"

她说完，东张西望，也像怕人看见她来，不一会就走了。那几点钟底黄昏偏又延长了，他好容易等到掌灯时分！他到妻子家里，丫头一直就把他带到楼上，也不敢教老亲家知道。妻子底面比前几个月消疲了，他说："我底……"，他说不下去了，只改过来说，"你怎么瘦得这个样子！"

妻子躺在床上也没起来，看见他还站着出神，就说："为什么不坐，难道你立刻要走么？"她把丈夫揪近床沿坐下，眼对眼地看着。丈夫也想不出什么话来说，想分离后第一次相见底话是很难起首底。

"你是什么病？"

"前两天小产了一个男孩子！"

丈夫听这话，直像喝了麻醉药一般。

"反正是我底罪过大，不配有福分，连从你得来底孩子也不许我有了。"

"不要紧的，日后我们还可以有五六个。你要保养保养才是。"

妻子笑中带着很悲哀的神采，说："痴男子，既休的妻还能有生子女底荣耀么？"说时，丫头递了一盏龙眼干甜茶来。这是台湾人待生客和新年用底礼茶。

"怎么给我这茶喝，我们还讲礼么？"

"你以后再娶，总要和我生疏底。"

"我并没休你。我们底婚书，我还留着呢。我，无论如何，总要想法子请你回去底；除了你，我还有谁？"

丫头在旁边插嘴说："等姑娘好了，立刻就请她回去罢。"

他对着丫头说："说得很快，你总不晓得姑太和你家主人都是非常固执，非常喜欢赌气，很难使人进退底。这都是你弄出来底。事已如此，夫复何言！"

小丫头原是不懂事，事后才理会她跑回来报信底关系重大。她一听"这都是你弄出来底"，不由得站在一边哭起来。妻子哭，丈夫也哭。

一个男子底心志必得听那寡后回家当姑太底姊姊使令么？当时他若硬把妻子留住，姊姊也没奈他何，最多不过用"礼教底棒"来打他而已。但"礼教之棒"又真可以打破人底命运么？那时候，他并不是没有反抗礼教底勇气，是他还没得着反抗礼教底启示。他心底深密处也会像吴明远那样说："该死该死！我既爱妹妹，而不知护妹妹，我既爱我自己而不知为我自己着想，我负了妹妹，我误了自己！事原来可以如人意，而我使之不能，我之罪恶岂能磨灭于万一，然而赴汤蹈火，又何足偿过失于万一呢？你还敢说：'事已如此，夫复何言'么？"

四弟私会出妻底事，教姊姊知道，大加申斥，说他没志气。不过这样的言语和爱情没有关系。男女相待遇本如大人和小孩一样。若是男子爱他底女人，他对于她底态度、语言、动作，都有父亲对女儿底倾向；反过来说，女人对于她所爱底男子也具足母亲对儿子底倾向。若两方都是爱者，他们同时就是被爱者。那是说他们都自视为小孩子，故彼此间能吐露出真性情来。小孩们很愿替他们底好朋友担忧、受苦、用力；有情的男女也是如此。所以姊姊底申斥不能隔断他们底私会。

妻子自回外家后，很悔她不该贪嚼一口槟榔，贪吸一管旱烟，致误了灵前底大事。此后，槟榔不再入她底口，烟也不吸了。她要为自己底罪过忏悔，就吃起长斋来。就是她亲爱底丈夫有时来到，很难得的相见时，也不使他挨近一步，恐怕玷了她底清心。她只以念经绣佛为她此生唯一的本分，夫妇的爱不由得不压在心意底崖石底下。

十几年中，他只是希望他岳丈和他姊姊底意思可以挽回于万一。自己底事要仰望人家，本是很可怜的。亲家们一个是执拗，一个是赌气，因之光天化日底时候难以再得。

那晚上，他正陪姊姊在厅上坐着，王家底人来叫他。姊姊不许，说："四弟，不许你去。"

"姊姊，容我去看她一下罢。听说她这两天病得很厉害，人来叫我，当然是很要紧的，我得去看看。"

"反正你一天不另娶，是一天忘不了那泼妇底，城外那门亲给你讲了好几年，你总是不介意。她比那不知礼的妇人好得多——又美，又有德。"

这一次，他觉得姊姊底命令也可以反抗了。他不听这一套，径自跑进屋里，把长褂子一披，匆匆地出门。姊姊虽然不高兴，也没法揪他回来。

到妻子家，上楼去。她躺在床上，眼睛半闭着，病状已很凶恶。他哭不出来，走近前，摇了她一下。

"我底夫婿，你来了！好容易盼得你来！我是不久的人了，你总要为你自己底事情打算；不要像这十几年，空守着我，于你也没有益处。我不孝已够了，还能使你再犯不孝之条么？——

'不孝有三，无后为大'。"

"孝不孝是我底事；娶不娶也是我底事。除了你，我还有谁？"

这时丫头也站在床沿。她已二十多岁，长得越妩媚、越懂事了。她底反省，常使她起一种不可言喻的伤心，使她觉得她永远对不起面前这位垂死的姑娘和旁边那位姑爷。

垂死的妻子说："好罢，我们底恩义是生生世世的。你看她，"她撮嘴指着丫头，用力往下说，"她长大了。事情既是她弄出来底，她得替我偿还。"她对着丫头说，"你愿意么？"丫头红了脸，不晓得要怎样回答。她又对丈夫说，"我死后，她就是我了。你如纪念我们旧时的恩义，就请带她回去，来好替我……"

她把丈夫底手拉去，使他揸住丫头底手，随说，"唉，子女是要紧的，她将来若能替我为你养几个子女，我就把她从前的过失都宽恕了。"

妻子死后好几个月，他总不敢向姊姊提起要那丫头回来。他实在是很懦弱的，不晓怎样怕姊姊会怕到这地步！

离王亲家不远住着一位老妗婆。她虽没为这事担心，但她对于事情底原委是很明了底。正要出门，在路上遇见丫头，穿起一身素服，手挽着一竹篮东西。她问："蓝，你要到哪里去？"

"我正要上我们姑娘底坟去。今天是她底百日。"

老妗婆一手扶着杖，一手捏着丫头底嘴巴，说："你长得这么大了，还不回武馆街去么？"丫头低了头，没回答她。她又问："许家没意思要你回去么？"

从前的风俗对于随嫁底丫头多是预备给姑爷收起来做二房底，所以妗婆问得很自然。丫头听见"回去"两字，本就不好意思，她双眼望着地上，摇摇头，静默地走了。

妗婆本不是要到武馆街去底，自遇见丫头以后，就想她是个长辈之一，总得赞成这事。她一直来投她底甥女，也叫四外甥来告诉他应当办底事体。姊姊被妗母一说，觉得再没有可固执底了，说："好罢，明后天预备一顶轿子去扛她回来就是。"

四弟说："说得那么容易？要总得照着婆继室底礼节办；她底神主还得请回来。"

姊姊说："笑话，她已经和她底姑娘一同行过礼了，还行什么礼？神主也不能同日请回来底。"

老妗母说："扛回来时，请请客，当做一桩正事办也是应该底。"

他们商量好了，兄弟也都赞成这样办。"这种事情，老人家最喜欢不过"，老妗母在办事底时候当然是一早就过来了。

这位再回来底丫头就是我底祖母了。所以我有两个祖母，一个是生身祖母，一个是常住在外家底"吃斋祖母"——这名字是母亲给我们讲祖母底故事时所用底题目。又"丫头"这两个字是我家底"圣讳"，平常是不许说底。

我又讲回来了。这种父母的爱底经验，是我们最能理会底。人人经验中都有多少"祖母的心"、"母亲"、"祖父"、"爱儿"等等事迹，偶一感触便如悬崖泻水，从盘古以来直说到于今。我们底头脑是历史的，所以善用这种才能来描写一切的事故。又因这爱父母底特性，故在作品中，任你说到什么程度，这一点总抹杀不掉。我爱读《芝兰与茉莉》，因为它是源源本本地说，用我们经验中极普遍的事实触动我。我想凡是有祖母底人，一读这书，至少也会起一种回想底。

书看完了，回想也写完了，上课底钟直催着。现在的事好像比往事要紧；故要用工夫来想一想祖母底经历也不能了！大概她以后底境遇也和书里底祖母有一两点相同罢。

写于哥仑比亚图书馆四一三号，检讨室，

十三年，二月，十日。